10대를 위한
나의 첫 시 쓰기 수업

10대를 위한 나의 첫 시 쓰기 수업

박용진 지음

우리 안의 시인을 찾는
글쓰기 수업

"동생이 일찍 깬 건 늦게 꿈을 꿔서 그래요. 동생 마음속에 늑대가 들어가서 그런 거예요."

"왜 눈에는 뼈가 없어? 왜 물에는 뼈가 없어? 왜 별에는 뼈가 없어?"

"따뜻한 물속에 있으면 몸속에 깃털이 생겨나서 따뜻해져. 그런데 그게 가끔씩 삐져나오기도 해서 털이 되는 거야."

딸아이가 네 살 무렵에 했던 말들이다. 어느 날인가 딸아이의 말들이 시와 닿아 있다는 것을 느꼈고, 그때부터 그 말들을 옮겨 적기 시작했다. 놀라운 상상력과 기묘한 말의 조합들이 만들어 내는 딸아이만의 세계. 내가 포착한 그런 순간이 100여 개 있다. 놓친 순간은 또 얼마나 많을 것인가.

비단 딸아이뿐만이 아니다. 어릴 때 우리는 모두 시인이었다. 그것을 지금은 모두 잊어버린 것이다.

　중학교에서 남학생들에게 국어를 가르쳐 오고 있다. 10여 년을 그렇게 지내 오면서 여러 가지로 느낀 것이 많았다. 그중 하나가 '문학, 특히 시라는 것이 10대 아이들에게는 정말 재미없는 것이구나'라는 것이었다.

　어린 시절 시인이었던 아이들은 어느새 상상력을 잃었다. 아직 10대인데 말이다. 이 아이들은 상상력이 만들어 낸 세계에 대해 인과 관계와 논리를 먼저 따지고 있었다. 책에서 좀 더 이야기하겠지만 그래서인지 아이들은 시보다는 설명문이나 논설문을 쓰는 것에 훨씬 능숙했다. 시는 그냥 국어책에 나오니까 해야 하는 '공부'일 뿐이었다. 아, 물론 문학에 관심이 있는 남학생도 있기는 하다. 아주 가끔.

　그래서 '어떻게 하면 시를 어렵게 느끼지 않게 할 수 있을까?', '어떻게 하면 학생들이 시를 재미있게 써볼 수 있을까?', '시를 통해 상상력과 창의성을 길러 주려면 어떻게 하면 될까?'와 같은 고민을 많이 했다. 고민하고 고민하면 그 뿌리에는 '왜 아이들은 시를 재미없어 할까?'가 있었다.

　생각해 보니 그랬다. 요즘 자기 돈을 주고 시집을 사서 읽는 사람이 우리나라 전체 인구의 몇 퍼센트나 될까? 왜 사람들은 시를 읽거나 쓰지 않는 것일까? 인터넷 방송은 그렇게나 많이들 보고, 또 크리에이터가 되어 보겠다고들 하는데.

생각해 보니 그랬다. 아이들이 시를 재미없어 하는 것은 말 그대로 시가, 그리고 시에 접근하는 방법이 재미없는 것이 문제였던 것이다. 재미있는 것이 필요했다.

그렇게 여러 수업 방법들을 생각해 보고, 적용해 보고, 시행착오를 거치기도 하면서 내 나름의 시 쓰기 수업 방식을 만들었다. 그 중심에는 '재미, 쉬움, 창의성'을 두었다. 고생한 덕분인지 그래도 함께 수업을 한 친구들은 이 책에 쓰인 시 쓰기 방법으로 시를 써보고는 그 재미를 알게 된 경우가 많았다.

이렇게 탄생한 시 쓰기 방법을 더 많은 사람이 알았으면 하는 바람이 생겼다. 실제로 수업에서 시를 써본 학생들의 반응도 좋았고, 그 학생들이 쓴 작품들 역시 기성 시인들이 감탄할 정도로 완성도 있는 것들이 많았기 때문이다. 그렇게 집필을 시작했다.

이 책의 특징을 몇 가지 이야기하자면 먼저 이 책에는 어려운 문학 용어를 사용하지 않았다. '비유', '상징' 정도의 국어책에서도 만날 수 있는 단어들이 그나마 이 책에서 사용된 것들이다. 더불어 실제 아이들을 가르칠 때 말하듯 편안한 어조로 글을 썼다.

그리고 시 쓰는 방법에 대해 다룰 때도 대부분 실제 학생들이 쓴 시들을 예시로 들어 놓았다. 딱딱하거나 어렵게 느껴지지 않도록 하기 위함이다. 이때 잘 쓴 경우와 그렇지 않은 경우를 함께 예로 들어 최대한 이해를 돕고자 노력했다.

또한 보드게임을 하면서 시 쓰기나 게임을 하면서 힙합 가사 만들기처럼 재미있게 놀면서 시를 쓸 수 있는 부분도 있다. 이를 통해 놀면서 자연스럽게 시와 가까워질 수 있으리라 생각한다.

무엇보다 시 쓰기를 통해 창의성과 상상력을 키울 수 있도록 신경을 많이 썼다. 여기저기서 '창의성을 키워야 한다.', '상상력을 키워야 한다.' 같은 말을 많이 들었을 것이다. 그런데 대체 뭘 어떻게 해야 창의적인 생각을 할 수 있는지에 대해서는 손에 잘 잡히지 않는다. 뒤에서 좀 더 자세히 이야기할 테지만, 사실 창의성이나 상상력을 발휘한다는 것은 그렇게 어려운 것이 아니다. 이것들을 발휘하는 방법이 궁금하다면 이 책을 천천히 잘 읽어 나가다 보면 알 수 있게 될 것이다.

끝으로 분명한 건 이 책은 지금까지 봐왔던 시 작법 책과는 다른 점이 있으리라는 것이다. 이 책을 읽는 이가 누구든 간에 쉽고 재미있게 시 쓰기를 배울 수 있을 것이다. 자, 그러면 하나하나 읽고 활동을 해 나가면서 멋진 시를 쓸 수 있도록 해보자.

3장 게임하듯 놀면서 시 쓰자

4장 이제는 나도 시인

1장

··············

시,
대체 뭘까?

시는
왜 쓰는 것일까?

안녕. 이 책으로 만나게 되어서 반가워. '안녕'으로 시작해서 '안녕'으로 끝나게 될 이 책을 읽고 나면 아마 '좋은 시'를 적어도 두세 편 정도는 완성할 수 있을 거야. 그냥 시 말고 '좋은 시' 말이야. 시는 아주 오래된 문학 갈래야. 지금보다 훨씬 옛날 사람들도 시라는 방법으로 자기 마음을 표현했다는 거지. 그렇다면 시는 어떻게 만들어졌을까?

그 전에 이야기의 기원은 무엇이었을지 잠시 생각해 보자. 잠깐만 책 읽는 걸 멈추고 어떻게 이야기가 탄생했을지 한번 혼자 생각해 봐. 생각이 정리되었다면 다음 내용을 읽어 나가도록 하자.

이야기는 어떻게 시작되었을까?

내가 중학생 때 사랑하는 사람을 기다리다 돌이 된 여인 이야기를 들었는데 문득 이런 생각이 들었어. '이야기처럼 정말로 사람이 변해서 망부석이 된 것이 아닐 텐데, 이런 이야기가 전해 오는 이유는 뭘까?' 그래서 곰곰 생각해 봤지. 망부석 이야기가 전해 오는 지역에는 사람을 닮은 돌이 아주 옛날부터 있었을 거야. 사람들은 그 돌을 보고 신기하다고 생각했겠지. 그러다 어느 날 한 아이가 자기 할머니한테 물어보는 거야. "할머니, 저 돌은 왜 저기에 저렇게 서 있나요?" 할머니는 모른다고 말할 수도 있었겠지만, 그러지 않고 아이를 즐겁게 해주기 위해 이야기를 지어내기 시작했겠지. 그렇게 이야기가 만들어지고 사람들의 입에서 입으로 그 이야기는 전해졌을 거야. 지금이야 우리는 텔레비전이나 핸드폰만 켜도 재미있는 것이 많지만 그당시에는 이야기만큼 재미있는 게 별로 없었을 테니까 말이야.

별자리 이야기도 비슷한 과정을 거쳐 만들어지지 않았을까? 즉, 이야기의 기원은 호기심이었던 거지. 이게 그 당시 내가 해봤던 생각들이야. 물론 학계의 정설 같은 것이 아니라 그저 내 생각일 뿐이기 때문에 믿거나 말거나야. 다만 이 책을 읽는 친구들이라면 이런 것들에 대해 스스로 생각해 보고 고민해 봤으면 좋겠어.

자, 그렇다면 시는 어떻게 시작되었을까? 역시 잠시만 책 읽기를 멈추고 생각해 보자.

시는 어떻게 시작되었을까?

나는 시가 마음을 좀 더 세련되게 표현하기 위해 시작되었을 거라고 생각해. 사랑, 미움, 슬픔처럼 누군가에 대한 감정들을 더 그럴듯하게 표현하고 싶었던 거지. 물론 이런 감정들을 직접적으로 말할 수도 있어. 하지만 아름다운 표현을 사용한다면 더 효과적으로 감정을 전달할 수 있겠지.

또 다른 이유로 수줍음 때문이었을 거라고 생각해. 아마 좋아하는 사람이 있어도 좋아한다고 제대로 말하지 못한 경험들이 있을 거야. 그런 상황에서 어떻게 표현해야 했을까? 아마도 그런 마음을 드러낼 수 있는 다른 무언가에 빗대어 표현해야 했겠지? 서로 정답게 날아다니는 나비라든지, 서로 다른 두 나무의 가지가 붙어 하나가 된 연리지 같은 것들로 말이야. 결국 이야기든 시든 뭔가를 만들고 표현하고 싶어 하는 인간의 본능이 바탕이 된 것이 아닐까 생각해. 어떤 예술적인 본능 같은 것 말이야. 누구에게나 그런 본능이 내재되어 있었던 게 아닐까? 아마도 인간은 그래서 시를 쓰는 걸 거야.

시를 씀으로써 우리는 무엇을 얻을 수 있을까? 사실 요즘은 매체의 발달로 감정이나 생각을 표현할 수 있는 방법이 굉장히 다양하지. 이모티콘 하나만으로도 감정을 확실히 전달할 수 있잖아? 이런 시대에 시를 써서 감정을 표현하는 건 좀 구식으로 보이기는 해.

그런데 말이야. 지금 우리가 살아가는 이 시대가 우리에게 가장 요구하는 것은 무엇일까? 어릴 적부터 우리를 따라다니는 말이 하나 있지? 바로 상상력과 창의성이야. 우리는 시를 씀으로써 공감 능력이나 예술적 감각도 익힐 수 있게 되겠지만, 무엇보다 상상력과 창의성을 얻게 될 거야.

남들과 같은 생각만 한다면 남들보다 더 나아질 수 없어. 발표할 때 누구나 아는 상투적인 표현을 쓴다면 듣는 이의 공감을 얻어 내기 힘들 거야. 광고를 만들 때 기발한 무언가가 없다면 그것을 보는 사람들에게 깊은 인상을 남기기 어려울 거야. 이럴 때 필요한 것이 창의성이지.

창의성과 상상력이 자라는 시 쓰기

시를 쓴다는 것은 그 어떤 것보다 창의성이 필요한 작업이야. 이는 시대가 요구하는 창의성이나 상상력과도 연결된다고 봐. 이 책을 읽었다고 해서 앞으로 우리가 꼭 시를 써야 할 필요는 없어. 다양한 시 창작 방법을 통해서 창의성을 얻어갈 수 있다면 그것만으로도 충분하다고 생각해. 이 책은 시 쓰는 방법을 이야기할 테지만 그 과정을 통해서 창의성을 얻고 그것을 다양한 분야에서 응용할 수 있어.

이 시대가 요구하는 창의성은 완전히 새로운 것을 만드는 것이 아니야. 이미 수많은 것들이 만들어져 있는 상황에서 완전히 새로운 것을 만들어 내는 건 말도 안 되게 어려운 일이지. 그러면 어떻게 해야 할까? 바로 기존의 것을 살짝만 비틀어 주면 돼. 그 방법에 대해서는 뒤에서 자세히 이야기할게.

좋은 시란 어떤 시일까? 사실 대답하기 어려운 질문이야. 똑같은 시라도 읽는 사람마다 다르게 느끼기 때문이지. 어떤 사람에게는 좋은 시가 다른 사람에게는 별로일 수도 있어. 하긴 모든 사람이 똑같은 기준을 가지고 있다면 그것도 참 이상하겠지. 하지만 지금껏 쓰인 수많은 시들 중에 그래도 많은 사람이 오랫동안 읽어 오고 있는 시들이 분명 있어. '좋은 시'라고 이야기하는 작품들이겠지? 그런 시들에는 아마 어떤 공통점들이 있을 거야. 그걸 한번 생각해 보자.

마음을 건드리는 시의 조건

방금 말했듯 시는 읽는 사람마다 그 감상이 다를 수 있지. 심지어 같은 사람이 같은 시를 읽더라도 읽을 때마다 느낌이 다를 수 있어. 그 사람이 처해 있는 당시의 상황이나 감정에 따라 다르게 느끼기도 하거든. 그러면 여기 중학생이 쓴 시 한 편을 볼까?

오늘은 그대 손주름 같은 거리를 걷는다

낡은 외벽들 사이로 어둠이 기어 나오고

군데군데 들어선 가로등은 천천히 깜빡거린다

나는 어둠에 묻혀 그대 웃음을 깜빡거린다

완만한 어둠은 그대 손등과 꼭 닮아

나는 그 위를 지나는 한 폭 구름이 되고 싶다

또 말없이 그대를 쓰다듬는 바람과

나는 그 위를 지나는 한 폭 구름이 되고 싶다

구름이 비로 내려 그대에게 닿을 때에도

나는 깜빡거리며 그대를 사랑하고 있을 테고

부드러운 직선을 보면서 그대를 그리면서

깊숙하게만 구름이 되고 싶어 할 것이다

– 학생 작품, <구름>

이룰 수 없는 짝사랑을 하는 사람이 이 시를 읽었다면 가슴이 두 근거리고 사랑하는 사람에 대한 괴로움과 행복감을 느꼈을 거야. 그 런데 많은 시간이 흘러 같은 사람이 누군가와 사랑을 하다 이별한 후 에 이 시를 읽었다면 사랑했던 사람에 대한 그리움을 느끼게 될 거야.

그래서 나는 이 시가 좋은 시라고 생각해. 좋은 시는 사람의 무언가를 건드리곤 해. 정서를 건드리든 상상력을 건드리든 그것을 통해 마음을 움직이지. 이번엔 이 시를 한번 보자.

사자는 두려움을 먹는다

녹아내리는 늑대의 혀

빛나는 어둠은 우리를 당긴다

우주를 떠도는 그대의 어깨

불타는 물이 자란다

잔에서 사랑이 넘친다

하얀 가면이 그 소리를 감싸고

진실을 말하는 개

황금과 지네의 왕

그리고

여우의 꼬리가 부르는 노래

– 학생 작품, <천국의 무덤>

무슨 말인지 모르겠지? 하지만 시가 보여 주는 장면은 우리를 놀라게 하는 무언가가 있어. 무슨 말인지 모르겠지만 분명 '멋있는데?' 또는 '이상한데 매력적인걸?' 하고 느끼게 하는 무언가가 있지. 이 시는 우리가 여태 생각해 본 적 없는 장면을 머릿속에 그려 보게 하는, 한 번도 닿아 본 적이 없는 마음의 어떤 곳을 건드리는 기묘한 매력이 있어. 그래서 나는 이 시도 좋은 시라고 생각해. 시를 읽을 때 그 의미를 하나씩 찾아 나가며 읽는 것도 좋지만, 꼭 그러지 않아도 돼. 그냥 시가 보여 주는 상상력과 분위기만 음미해도 충분할 때가 있어.

그래서 내가 생각하는 좋은 시는 우리의 마음속 무언가를 건드리는 시야.

네가 생각하는 좋은 시는 어떤 시인지도 한번 생각해 봐.

좋은 시를
쓰려면?

나는 10대 학생들과 꽤 오래 시 쓰기 수업을 해왔어. 학생들에게 시를 써보라고 하면 종종 정말 끔찍한 일이 일어나곤 해. 어떤 일이냐고? 바로 시의 탈을 쓴 설명문이나 논설문들이 탄생하는 일이야.

하늘을 우러러 본다

윙윙거리는 벌레들

짹짹거리는 새들

하나같이 모두 평화롭구나

벌레와 새들이 서로 소통하며

정답게 노는데 우리는 서로

인사조차 하지 않는구나

하늘을 우러러 보며

다시 한 번 반성하며

서로 정답게 놀자꾸나

하늘 위에 모든 생물들을 보며

정답게 소통하자꾸나

– 학생 작품, <하늘을 우러러>

이 시도 10대 학생이 쓴 시야. 행을 나누면서 시의 모습을 하고는 있지만 말하고자 하는 바를 마치 산문처럼 전달하고 있어. 이 시를 요약하면 '자연물은 평화로운데 우리는 서로를 외면한다. 그러니 이걸 반성하며 함께 소통하며 정답게 지내자' 정도가 되겠지. 시에 쓰인 '평화롭구나', '반성하며', '정답게 놀자꾸나', '정답게 소통하자꾸나'에 이 시가 말하고자 하는 바가 그대로 노출되고 있어. 시에 담긴 의도는 좋지만 좋은 시라고 보기는 어렵겠지.

그렇다면 어떤 시가 좋은 시일까? 바로 잘 숨길 줄 아는 시야. 독자는 시를 읽으려 한 것이지 설명문이나 논설문을 읽으려 한 건 아니잖아. 즉, 시다운 무언가가 있어야 하는데 이 시에는 그게 없는 거야. 시의 중요한 본질은 읽는 사람의 마음을 움직이는 거야. 그런데 시는 구체적인 설명이나 주장을 통해 마음을 움직이지 않아. 오히려 모호한 것들을 통해 마음을 움직이지.

수수께끼를 풀어 나가는 즐거움

모호성은 좋은 시의 조건이 될 수 있어. 방 탈출 게임을 예로 들어보자. 시인은 독자를 신비한 자신의 방에 가둔 사람이야. 시인은 시를 통해 그 방을 빠져나갈 수 있는 수수께끼들을 내는 거야. 그 수수께끼들은 유기적으로 연결되어 있어. 그래서 앞선 수수께끼를 해결해야 다음 수수께끼를 해결할 비밀번호나 실마리를 찾을 수 있어. 때로는 몇 겹으로 잘 싸여 감추어져 있기 때문에 해결이 힘들 수도 있지. 하지만 방 여기저기를 뒤지고 그 수수께끼들을 하나씩 해결해 나가면서, 방에 걸려 있는 자물쇠들을 하나씩 벗겨 나가면서, 그렇게 마침내 문을 열고 빛나는 햇살을 마주하는 그 일련의 과정과 결과를 통해 느끼는 즐거움을 생각해 봐. 그것이 바로 독자가 시에서 찾아야 하는, 또는 찾고자 하는 즐거움이지.

그러나 학생들은 대부분 그런 경험을 해본 적이 거의 없어. 선생님께 교과서에 나온 시에 대한 설명을 듣고 끝나는 경험이 대부분이지. 그러다 보니 시를 읽는 즐거움도 느낄 수 없게 되고 시를 쓰거나 읽지도 않게 되는 거지. 어쩌다 시를 쓸 일이 생겨도 자꾸만 설명을 하거나 근거를 들며 주장을 하는 거야. 난 이게 우리 교육이 만들어 낸 문제점이라고 생각해.

특별하지 않아도 괜찮아

자, 이번에는 학생들이 시를 쓰는 상황을 생각해 보자. 2015년 국어과 개정 교육과정에 따르면 '자신의 삶과 경험을 바탕으로 하여 독자에게 감동이나 즐거움을 주는 글'이 쓰기 활동의 목표라고 써 있어. 국어 교과서는 교육과정을 바탕으로 집필하기 때문에 이 부분이 반드시 반영되지. 그래서 국어 수업 활동 중에는 '경험을 바탕으로 시 쓰기'가 있는 경우가 많은데, 이 활동 앞에서 학생들은 그만 멍해지고 말지. 글감을 잡지 못하기 때문이야.

학생들에게 시를 쓰라고 하면 대부분 거창한 문학 창작을 해야 한다는 부담감을 느끼곤 해. 소소한 일상의 경험이 시와 어울리지 않는다고 느끼기 때문이야. 누군가 강요했든 그렇지 않았든 뭔가 특별한 경험을 바탕으로 써야 한다고 생각하고 있어.

그러나 10대 아이들은 아직 삶에 대한 경험이 많이 부족해. 물론 남들이 경험해 보지 못한 큰일들을 겪고 일찍 성숙한 친구들도 있기는 하지만 극소수에 지나지 않아. 대부분은 아침에 일어나 씻고 밥 먹고 학교에 가서 다른 친구들과 어울리거나 수업을 들어. 수업이 끝나면 학원에 가고 또 학원을 마치면 집에 가서 숙제하고 게임하고 다시 아침이 되는 삶을 반복하고 있지. 특별한 경험이라고 할 만한 아픔을 겪어 보거나 아픔을 겪는 사람을 만나는 일은 잘 없어. 이 책을 읽는 친구 중에 난민을 만나본 사람은 몇이나 있을까? 가까운 사람의 죽음을 겪어본 사람은? 아마 많지 않을 거야. 그러면 이런 친구들은 시를 쓸 수 없는 걸까?

반드시 특별한 경험을 써야 시가 되는 것은 아니야. 일상의 소소한 경험을 쓰면 돼. 하지만 스스로 부담감 때문에, 또는 선생님이 뭔가 특별한 걸 써보라고 했기 때문에, 수행평가 점수 때문에 자꾸만 뭔가 색다른 경험을 찾으려고 하지. 아무리 생각해 봐도 없는 그걸 말이야. 그런 것들은 앞으로 삶을 살면서 많은 경험을 하고 난 뒤에 써도 늦지 않아. 그러면 10대 아이들에게 지금 중요한 건 뭘까?

소소한 경험을 특별한 시로 바꾸려면

바로 표현 방법을 익히는 거야. 시에도 다양한 표현 방법들이 있거든. 그 표현이 만들어 내는 모호성이 다른 사람의 눈을 사로잡곤 하지. 그런 표현 방법을 익힌다면 나중에 특별한 경험을 했을 때도 그걸 자연스럽게 시로 써낼 수 있게 될 거야. 나중에 써먹을 거 뭐하러 지금 하냐고 할 수도 있겠지? 아니야. 바로 써먹을 수도 있어. 기발한 표현으로 SNS에서 '좋아요'를 많이 받거나 인터넷 게시판에서 베스트 글이 될 수도 있잖아. 그리고 수업 시간에 시를 써야 할 때에는 소소한 경험도 그럴듯한 한 편의 시로 태어나게 할 수 있을 거야.

여기서 다시 앞서 본 학생 시를 떠올려 보자. 특별한 경험은 아니지만 우리가 일상에서 얻을 수 있는 깨달음은 담겨 있어. 이 시는 좋은 시가 될 수 없는 걸까? 아니야. 이 시도 충분히 좋은 시가 될 수 있어. 다만 표현 방법이 서툴렀을 뿐이지. 자, 그러면 이 시를 시답게 바꾸려면 어떻게 하면 될까? 이제 다음 장부터는 바로 그런 표현 방법들을 익혀볼 거야.

2장

....

기발한
표현력을
키우자

상상목록
작성하기

시에서 가장 많이 쓰이는 표현 방법이라면 비유와 상징이 있겠지? 비유나 상징을 다루는 데에 익숙하지 않은 친구들은 시 쓰는 걸 어려워해. 뭔가 대단한 표현 방법 같아 보이기 때문일 거야. 그리고 우리가 비유나 상징에 대해 듣는 건 수업 시간밖에는 없지. 그러다 보니 수업 시간에 배운 작품에서 나온 표현을 따라 쓰거나 비슷한 표현을 쓰게 되고 결국은 어디서 많이 본 듯한, 상투적인 표현을 사용하고 마는 거지.

앞서 말했듯 우리가 시를 쓰든, 어떤 일을 하든 창의성이 중요해. 남들과 같은 것을 보여 줘서는 안 된다는 거야. 그러나 이 시대가 요구하는 창의성은 완전히 새로운 것을 보여 주는 게 아니라 기존의 것을 살짝만 비틀어줘도 되는 것이라고 얘기했었지? 그러면 이제 어떻게 하면 그 비틀기를 할 수 있는지 살펴보도록 하자.

생각나는 대로 써 내려가는 상상목록

다들 백일장은 경험해 봤을 거야. 그런 백일장에는 시제가 주어지곤 하지. '나무', '바람', '깡통' 등등. 그러면 그 시제로 시를 써야 하는데, 시 쓰기 경험이 풍부한 사람이라면 그걸 바탕으로 뭔가를 궁리하고 나름대로 글을 써내겠지만 그렇지 않은 사람은 막막하기만 하지. 나도 10대 학생이었을 때는 막막하기만 했던 사람 중 하나였고 말이야. 난 백일장에서 수상해 본 적이 한 번도 없어. 하하.

하지만 이제부터 내가 알려 줄 '상상목록'이라는 방법을 알고 나면 더는 막막해하지 않아도 될 거야. 이 방법은 내가 대학생 때 나에게 처음 시를 가르쳐 주신 선생님께서 알려 주셨던 방법이야.

그러면 우리가 백일장을 하고 있다고 치고 '깡통'이라는 시제를 골라 보자. 그런 뒤 이 단어로 생각나는 대로 문장을 쭉 써보자. 익숙해지면 1,000개까지도 써보는 걸 추천하지만, 일단 한 20개 정도만 써보는 거야. 이때 시를 쓴다는 생각이나 고민도 하지 말고, 손을 멈추지도 말고 그냥 써나가는 게 중요해. 마구잡이로 그냥 쓰는 거야. 그래도 시를 쓰는데 아무런 고민도 없이 쓰냐고? 괜찮아. 고민은 일단 이 상상목록을 다 쓴 다음에 하면 돼. 아주 약간의 고민만 하면 되거든.

다음은 그렇게 작성해 본 상상목록이야.

① 깡통이 길가에 버려져 있다.

② 깡통이 녹슬어 가고 있다.

③ 깡통이 찌그러져 있다.

④ 누군가 깡통을 발로 찬다.

⑤ 깡통의 마개를 딴다.

⑥ 깡통 속에는 음료수가 가득 차 있다.

⑦ 깡통 속의 음료수를 마신다.

⑧ 빈 깡통을 아무 데나 버린다.

⑨ 빈 깡통 속에 벌레가 산다.

⑩ 깡통을 재활용한다.

⑪ 아이들이 깡통을 가지고 논다.

⑫ 깡통을 강에 버린다.

⑬ 깡통은 흐르는 강을 따라 바다에 닿는다.

⑭ 깡통은 고래의 배 속으로 들어간다.

⑮ 깡통은 우주를 떠돈다.

⑯ 깡통은 토성 근처를 지나다 정원을 발견한다.

⑰ 깡통은 우주의 정원에서 개구리를 만난다.

⑱ 깡통은 개구리의 집이 되어 준다.

⑲ 깡통은 태양계 밖이 궁금하다.

⑳ 깡통은 개구리와 함께 태양계 밖으로 향한다.

단어 바꾸기

이렇게 상상목록을 완성했다면 이제 여기서 어울리는 것끼리 골라 내야 해. 직접 해볼 때는 고민을 조금 해야 할 거야.

그러면 먼저 ①~③을 한번 보자. 누가 봐도 우리가 흔히 볼 수 있는 깡통에 대한 서술이지? 그러나 이것을 살짝만 건드려 주면 한 편의 시가 될 수 있어. 어떻게 하냐고? 그냥 깡통을 '나'로 바꿔 보자. 그러면 이렇게 되지.

① 나는 길가에 버려져 있다.

② 나는 녹슬어 가고 있다.

③ 나는 찌그러져 있다.

어때? 뭔가가 느껴져? '깡통'을 '나'로 바꿨을 뿐이야. 비틀기를 한 것이지. 그런데 깡통에 대한 일반적인 서술이 이제 어떻게 되어 있지? '나'의 비참한 상황을 깡통의 모습에 빗대어 표현한 것이 되어 있어. 이걸 조금만 정리하면 짧지만 아주 강렬한 한 편의 시가 될 수 있을 거야. 이렇게 말이지.

나는 찌그러진 채 길가에 버려져 있다
나는 녹슬어가고 있다

제목만 잘 지어 주면 정말 괜찮은 시가 될 것 같지 않아? 제목에는 소재가 된 깡통을 드러내도 되고 그러지 않아도 상관은 없어. 잠시 이 시의 제목을 뭐라고 지으면 될지 생각해 볼까? '나는'이나 '깡통'도 괜찮고 '학교폭력'도 괜찮을 것 같아. 사실 시인들이 시를 쓰고도 제일 고민을 많이 하는 부분이 제목이긴 해. 제목에 대해서는 뒤에서 다시 이야기해 보도록 하자.

자, 이번에는 깡통을 '아버지'로 바꿔 보자.

① 아버지는 길가에 버려져 있다.
② 아버지는 녹슬어 가고 있다.
③ 아버지는 찌그러져 있다.

조금 충격적이지? 그러나 '깡통'을 '아버지'로 바꿨을 뿐인데 이 문장들이 만들어 내는 힘이 느껴질 거야. 이 시대를 살아가는 아버지의 모습이 그려지지. 그러면 '깡통'을 '나'로 바꿨던 것처럼 이것도 다시 정리해 보자.

아버지는 길가에 버려져 있었다
찌그러진 채 녹슬어 가고 있었다

이번에는 과거형으로 정리를 해봤어. 반복되는 주어인 '아버지는'을 2행에서는 생략했어. 시제를 어떻게 쓰느냐에 따라서도 시의 느낌은 많이 달라지게 마련인데, 이에 대해서는 뒤에서 더 자세히 이야기해 보도록 하자.

그러면 이 시는 제목을 어떻게 지으면 좋을까? 한번 고민해 봐.

엉뚱한 단어로 바꾸기

이번에는 전혀 엉뚱한 것으로 바꿔 보자. '깡통'을 '구름'으로 바꿔 볼게.

① 구름은 길가에 버려져 있다.

② 구름이 녹슬어 가고 있다.

③ 구름은 찌그러져 있다.

어때? 구름이 무엇을 가리키는 것일까 궁금해지지 않아? 왜 녹슬 수 없는 것을 녹슬어 가고 있다고 했을까? 왜 찌그러질 수 없는 것을 찌그러져 있다고 했을까? 하고 말이야.

이렇게 되면 이 구름은 아마 우리가 알고 있는 하늘에 떠 있는 구름이 아니라 뭔가 다른 존재를 가리키게 될 거야. 즉, 여기서 구름은 하나의 상징성을 가지게 되지. 하지만 이 구름이 어떤 것을 의미하는지에 대해서는 우리가 아직 고민할 필요는 없어. 우리는 지금 이런 방식으로 표현할 수 있다는 것을 알아가는 중이니까 말이야. 아직은 우리가 쓰는 것들에 대해 굳이 의미를 담으려 하지 말자. 이렇게 저렇게 바꾸고 써보다 보면 나도 모르게 의미가 만들어질 거야.

이제 ①~③을 떠나서 이번에는 ⑤, ⑥, ⑦, ⑨를 골라내 시를 써 볼까?

⑤ 깡통의 마개를 딴다.

⑥ 깡통 속에는 음료수가 가득 차 있다.

⑦ 깡통 속의 음료수를 마신다.

⑨ 빈 깡통 속에 벌레가 산다.

⑧은 어울리지 않는 것 같아서 뺐어. 혼자서 이 방법으로 시를 쓸 때는 이렇게 필요 없는 부분을 빼는 과정도 필요해. 자, 이 문장들도 마찬가지로 바꿔 보자. 여기서는 '깡통'을 '머리'로, '음료수'를 '슬픔'으로 바꿔 볼게.

⑤ 머리의 마개를 딴다.
⑥ 머릿속에는 슬픔이 가득 차 있다.
⑦ 머릿속의 슬픔을 마신다.
⑨ 빈 머릿속에 벌레가 산다.

기묘한 상상력이 보이는 문장이 되었어. 우리 머리를 일상에서 열어 볼 일은 거의 없지. 만약 그렇게 연 머릿속에 슬픔이 들어 있다 하더라도 그걸 마실 수도 없어. 비어 버린 머릿속에 벌레가 산다는 것도 말이 안 되고 말이야.

그러나 이 문장들이 '슬픔'이라는 감정과 닿아 있다는 것을 느낄 수 있지. 물론 의도한 건 아니야. 그냥 그렇게 단어를 넣어 보았을 뿐이야. '슬픔' 대신 '사랑하는 사람'을 넣었다면 또 의미가 달라졌을 테고 아까 넣었던 '아버지'를 넣거나 '구름'을 넣었다면 또 그 의미가 완전히 달라졌을 거야.

당신의 머리를 가르고 열어 보았다
그 속에는 슬픔이 가득 차 있었다
나는 그것을 마셨다

비어 버린 당신의 머릿속에는
이제 벌레가 산다

약간씩 변형을 주면서 정리를 해봤어. 문장을 더 매끄럽게 다듬
을 수도 있어. 하지만 그렇게 하면 원래 문장과는 많이 달라져서 혼란
스러울 수도 있으니 조금만. 중요한 점은 이렇게 문장을 다듬음으로
써 깔끔한 시를 쓸 수 있다는 거야. 상상목록을 쓰고 단어를 바꿔 넣
기만 하면 주체가 불분명해지거나 문장이 매끄럽게 이어지지 않기도
해. 그럴 땐 이렇게 조금씩 다듬어 줘야 해.

여기서는 일단 '누가' 행위를 하는 것인지를 추가했지. '당신'과
'나'를 넣기는 했지만 역시 다른 것을 넣어볼 수도 있어. '당신'이 아
니라 '누이'일 수도 있고 '나'가 아니라 '개'일 수도 있지. 어쨌든 이렇
게 함으로써 앞에서는 불분명했던 부분이 드러나게 되지.

그리고 '머리의 마개를 딴다'는 것이 좀 어색할 수도 있다는 생

각에 '머리를 가르고 열어 보았다'로 바꿔 봤어. 마개를 따고 보는 것보다 이쪽이 슬픔을 확인하기에는 더 잘 보일 것 같아서 말이야. 또 '머리'나 '슬픔'처럼 앞에 나온 단어가 반복되면 보기나 읽기에 좋지 않잖아. 그래서 '그'와 '그것'으로 바꿔 주었어.

어때? 쉽지 않아? 우리는 그냥 단어를 몇 개 바꾸고 말이 되게끔 다듬어 주기만 했을 뿐이야. 그런데도 꽤 괜찮아 보이는 글이 만들어지고 있지? 이번엔 잘못 쓴 예를 한번 보자.

> 날벌레는 징그럽다
> 날벌레는 혐오스럽다
> 날벌레는 곤충이지만
> 그저 벌레 취급만 받는다
>
> 날벌레는 독이 없다
> 사람들을 위해 해충을 잡아 먹지도 않는다
> 단순히 성가실 뿐이다
>
> – 학생 작품, <날벌레> 부분

여기서 '날벌레'는 원래 '거미'였다는 걸 먼저 밝힐게. 이 시의 가장 큰 문제는 '날벌레'와 '거미'는 둘 다 '벌레'이기 때문에 '거미'를

'날벌레'로 바꿔 봤자 시적인 효과를 거둘 수 없다는 점이야. 학생이 이 시를 쓰기 위해 작성한 상상목록을 보자.

① 거미는 징그럽다.

② 거미는 혐오스럽다.

③ 거미는 곤충이 아니다.

④ 거미는 독이 있을 수도 있다.

⑤ 거미는 해충을 잡아 먹는다.

①과 ②는 일단 그대로 쓰였어. '거미'를 '날벌레'로만 바꿨을 뿐이지. ③으로 가면 이 방법을 잘못 이해하는 바람에 '곤충이 아니다'를 '곤충이지만'으로 바꿔 버렸지. 덕분에 시가 아니라 '날벌레는 곤충이다.'라는 사실을 전달하는 글이 되어 버렸어. 이 학생은 '대상을 바꿈으로써 만들어지는 낯섦을 얻어야 한다는 것'을 '대상을 바꾸고 거기에 맞게 사실관계를 형성해야 한다'로 받아들인 거야. 이 때문에 ④, ⑤에서도 날벌레에 맞는 사실로 바꿔서 서술해 버렸어.

이 시를 고치는 방법은 간단해. '날벌레'를 '벌레'와 거리가 먼 단어로만 바꿔 주면 되거든. '곤충' 같은 것도 빼고 말이야. 나는 '절망'으로 바꿔 볼게.

절망은 징그럽다

절망은 혐오스럽다

그저 벌레 취급만 받는다

절망은 독이 없다

사람들을 위해 슬픔을 잡아 먹지도 않는다

단순히 성가실 뿐이다

어때? 좀 더 특별한 시가 된 것 같지? 내가 바꿔 본 단어 말고 다른 단어를 넣어서 특별한 시를 한번 만들어 봐.

이야기 만들기

자, 그러면 이제 ⑫~⑭를 보자.

⑫ 깡통을 강에 버린다.

⑬ 깡통은 흐르는 강을 따라 바다에 닿는다.

⑭ 깡통은 고래의 배 속으로 들어간다.

이 문장들은 한 가지 상상에서 이야기가 이어지듯 다음에 일어날 일, 그다음에 일어날 일을 써나간 방식이야. 여기에 문장들을 몇 개 추가만 해주면 뒷이야기가 궁금해지는 이야기 시가 될 수 있어. 버려진 깡통이 강에서 어떤 일을 겪고 바다에 닿아서는 또 어떤 일을 겪는지 보여 주는 거지. 그걸 상상해서 이야기를 추가해 보는 거야. 환상적인 분위기로 말이야. 인어를 만나거나, 증발하는 물과 대화를 하거나, 표류 중인 닭에게 쪼이거나 하는 식으로. 그러다 '고래의 배 속으로 들어간다'라는 문장으로 끝내면 독자는 그 고래의 배 속이 어떻게 되어 있을지가 궁금해질 거야. 아마 이렇게 쓰면 하나의 우화가 되겠지?

마지막으로 ⑮~⑳을 보자. ⑫~⑭와 비슷한데 여기에는 그 사이의 이야기라고 할 만한 것들이 나타나 있어.

⑮ 깡통은 우주를 떠돈다.

⑯ 깡통은 토성 근처를 지나다 정원을 발견한다.

⑰ 깡통은 우주의 정원에서 개구리를 만난다.

⑱ 깡통은 개구리의 집이 되어 준다.

⑲ 깡통은 태양계 밖이 궁금하다.

⑳ 깡통은 개구리와 함께 태양계 밖으로 향한다.

일단 깡통이 우주를 떠돈다는 것만으로도 멋진 상상이야. 우주를 유영하는 깡통을 떠올려 봐. 어쩌면 우주에는 우리가 망원경으로 보는 것 말고도 다른 것들이 숨겨져 있을지도 몰라. 저 상상목록의 '정원'이나 '개구리' 같은 것들처럼 말이야.

이것도 정리를 좀 해주면 멋진 이야기 시가 될 수 있을 것 같아. 아니면 아예 ⑭에 이어서 고래의 배 속에 들어갔더니 우주였다는 설정도 재미있지 않을까? 좀 더 구체적인 상황들도 제시하면서 말이야. 그런 뒤 제목을 '보이저 2호'로 해주면 어떨까?

이 방식으로 학생이 쓴 작품을 또 하나 보자. 이건 잘 쓴 예시야.

유리가 깨진다

깨진 유리에서 파편이 태어난다

파편이 공중에 휘날린다

휘날린 파편이 쥐 눈알에 빠진다

빠진 파편이 쥐 항문으로 나온다

나온 파편이 모래가 된다

모래가 되어서 먼지가 되어

모두에게 먹히게 된다

그러다가 우리 아빠의 발톱에서 자라난다

서서히 발톱의 때가 된다

발톱깎이는 유리를 잘라낸다

– 학생 작품, <투명한 안녕>

깨진 유리의 여정이 그려지고 있어. 유리의 의미가 무엇인지는 잘 모르겠지만 이 유리는 순환하고 있어. 깨져서 흩날리다 쥐 속에 들어갔다가 모든 사람에게 들어가게 되지. 그 후 아빠의 발톱에서 자라나. 이건 아빠뿐만 아니라 다른 사람의 발톱에서도 자라나고 있다는 걸 의미하겠지. 자라난 유리는 다시 발톱깎이에 의해 깨지고 어딘가로 흩날리게 되겠지.

어쨌든 이 방법으로 시를 쓰면서 주제나 의미에 대해서는 신경 쓰지 말도록 하자. 이 시를 쓴 학생은 그냥 생각나는 대로 '유리'에 대한 상상목록을 작성하고 그걸 시처럼 행과 연을 나눴을 뿐이야. 그런데도 이 작품의 유리는 어떤 의미일까 고민하게 만드는 힘을 보여 주고 있지. 이게 상상목록이 가지는 힘이야.

창의력은 무한하게 빛날 수 있다

기존의 것을 살짝만 비틀어 새로운 무언가를 만들어 내는 방법은 시를 쓰는 데에만 적용되는 게 아니야. 어떤 분야에서든 가능해. 미술에서도, 광고에서도, 심지어 과학에서도 유용한 방법이지.

미술의 경우 레오나르도 다빈치의 〈모나리자〉를 비틀어서 그린 페르난도 보테로의 〈모나리자〉가 있어. 그는 기존의 모나리자를 뚱뚱하게 바꿔서 표현했을 뿐이지만 그 안에 미의식에 대한 풍자를 담아 냈지. 이런 식으로 표현하는 방법을 패러디라고 하는데 대표적인 간단한 비틀기의 방법이야. 기존의 것을 비틀어서 새로운 의미를 만들어 내는 방법이지.

광고도 마찬가지야. 지구를 녹아내리는 아이스크림에 빗댄 광고를 본 적이 있을 거야. 이 광고 역시 아이스크림을 살짝 비틀어서 지구로 바꿔 놓았을 뿐이지만 우리에게 지구온난화에 대한 경각심을 주는 훌륭한 광고가 되었지.

과학에서는 어떨까? 과학의 가장 중요한 부분 중 하나는 가설을 세우고 증명하는 작업일 거야. 실험에서 자신이 원하는 결과를 바로 얻어 낸다면 물론 좋은 일이지. 하지만 거기서 끝내 버리면 새로운 뭔가를 얻을 기회를 놓치고 말 거야. 어떤 결과를 얻었다 하더라도 다시 한 번 실험의 과정에서 뭔가를 비틀어 보는 거지. 세균 감염을 치료하는 약물인 페니실린이 우연히 발견되었다고들 하지? 나는 그렇게 생각하지 않아. 만약 알렉산더 플레밍이 실패한 결과를 그냥 버렸다면 페니실린은 발견될 수 없었겠지. 실패를 비틀어 생각했기 때문에 페니실린은 발견될 수 있었던 거야.

이제 창의성이 무엇인지 확실히 알았을 거라고 생각해. 마지막으로 학생들이 이 방법으로 쓴 시들을 몇 편 더 감상해 볼까?

공원 벤치 옆 찌그러진 바구니 속에

아기가 버려져 있다

청소부의 빗자루에 치이고

하교하는 아이들의 장난감이 된다

비참하고 가냘픈 울음소리는

퇴근하는 사람들 발소리에 묻혀간다

반응하는 이 없는 외로운

부식된 울음소리가 울려 퍼진다

– 학생 작품, <울음을 버리다>

나는 공기를 마신다

나는 눈물을 흘린다

나는 지나간 기억을 생각한다

사랑은 그저 내 살을 깎는다

기다림은 그저 생명의 심지를 짧게 한다

따스함은 그저 슬픈 생각만을 유도한다

나는 그에게 어떤 존재인가?

한줄기의 눈물이

내 몸을 타고 흘렀다

언젠간 이 몸이 다 녹아

세상에서 잊힐 때에도

내 눈물 자국은 없어지지 않으리라

– 학생 작품, <양초>

오늘도 끄적거리며 놀자 🎲🁡

'개미'로 상상목록을 작성하고 문장의 단어들을 다른 것으로 바꾸어서 시를 써보자.

낯선 문장은 읽는 이의 시선을 끌고 어떤 의미일지 생각해 보게 하는 힘이 있어. 그래서 이번에는 단어들을 아무렇게나 연결해서 참신하고도 기발한 표현을 만들어 볼 거야. 먼저 학생이 만든 문장을 하나 보자.

쥐는 페르마의 시계 속에서 쓸쓸해 한다

뭔가 이상하고 의미를 모르겠지만 멋지다는 느낌이 있지? 사실 이런 문장은 우리가 일상생활에서 전혀 쓸 일이 없는 문장이야. 평소 이런 말을 아무렇지 않게 하고 다니는 사람이 있다고 상상하면…. 그 사람과 어울리고 싶지 않을 거야. 하지만 시라면 이야기가 달라지지. 저 문장 속의 '쥐'는 아마도 일반적인 '쥐'는 아닐 테니까 말이야.

어쨌든 이런 문장을 접하면 우리는 낯섦을 느끼면서도 신선한 감각을 경험하게 돼. 또 이런 문장 안에 자신이 말하고자 하는 의미까지 잘 담을 수 있다면 좋은 시를 쓸 수 있는 능력이 있다는 것이겠지.

그러면 기발한 문장은 어떻게 만들 수 있을까?

어울리지 않는 단어 연결하기

'단어 연결하기'는 어울리지 않아 보이는 단어들을 폭력적으로 결합하는 방법이야. 주어, 목적어, 서술어 등에 들어갈 단어들을 생각나는 대로 써놓고 그것들을 이어 붙여 문장을 만드는 것이지. 예시를 한번 보자.

나무	무릎	보다	슬프다
거미	지문	듣다	즐겁다
바람	뼈	만지다	불쾌하다
태양	손톱	때리다	편안하다
강	눈동자	기대다	두렵다

이건 머릿속에 떠오르는 단어를 단어의 성격에 따라 생각나는 대로 써본 거야. 위에서 아래로 써내려가며 첫 번째 열에는 자연물을, 두 번째 열에는 신체 부위를, 세 번째 행에는 감각과 관련된 단어를, 네 번째 열에는 감정과 관련된 단어를 적어 봤어. 이제 이것들을 결합해서 문장을 만들어 볼 거야.

① 나무의 무릎에 기대 편안하다.

② 거미의 손톱을 만지며 불쾌하다.

③ 바람이 남긴 지문을 보며 슬프다.

④ 태양의 눈동자를 듣는 일은 즐겁다.

⑤ 강의 뼈를 만지며 슬프다.

어때? 어딘가 특이한 문장이 만들어졌지? 이런 식으로 문장을 만들어 보면 시를 쓸 때 참신한 뭔가를 보여 주려고 머리를 싸맬 필요가 없어.

①은 각각의 줄에서 '나무', '무릎', '기대다', '편안하다'를 연결해서 만든 문장이야. ②~⑤도 마찬가지의 방법으로 만든 문장이지.

이렇게 문장을 만들 때 모든 단어를 다 사용할 필요는 없어. 위 예시에서는 '때리다', '두렵다'가 사용되지 않았어. 이뿐만 아니라 썼던 단어를 또 사용해도 돼. 위 예시에서는 '만지다', '슬프다'가 반복해서 사용되었지.

그리고 같은 열에 있는 단어를 2개 이상 쓰는 것도 상관없어. 예를 들면 ③을 쓸 때 '거미'를 추가할 수도 있지. 그러면 이런 문장이 되겠지?

'거미는 바람이 남긴 지문을 보며 슬프다'

문장을 만들었으면 다듬기도 해야지. ①~⑤의 문장은 약간 딱딱한 느낌이 들어. ⑤를 예시로 해서 자연스럽게 다듬어 보자. 그러면 이렇게 되겠지?

　'강의 뼈를 만지며 슬픔을 느낀다'

　이렇게 만든 문장을 중심으로 해서 시를 써볼 수도 있어. 그 문장이 시의 핵심 문장이 될 수도 있고 보조하는 문장이 될 수도 있을 거야. 간단히 써보면 아래와 같아.

　강은 오래 흘렀다

　피를 삼키고 울음을 삼켰다

　구름을 삼키고 그림자를 삼켰다

　그렇게 단단하게 굳어갔다

　강에 손을 집어넣고

　그 뼈를 만져 보았다

　오래 슬펐다

참신한 단어 연결 방법

　그러면 이 방법을 잘못 사용한 예를 보자. 아래 표는 학생이 만든 단어 표와 문장이야.

떡볶이	피아노	행복하다	들어가다
형	손톱	부르다	맛있다
종이컵	슬리퍼	깎다	듣다
태양	노래	달리다	느리다
설탕	집	녹이다	빠르다

① 떡볶이 맛있는 집에서 행복하다.

② 피아노 노래를 듣고 불렀다.

③ 태양은 맛있는 설탕을 녹인다.

이 문장들에서는 참신함이 느껴지지 않지. 왜 그럴까?

먼저 단어 표를 만들 때 제대로 정돈이 되지 않았어. 아무런 기준이 없이 그냥 생각나는 대로 단어를 썼기 때문이야. 첫 번째, 두 번째 열을 보면 모두 명사라는 것 외에는 공통점이 없어. 세 번째, 네 번째 열 역시 형용사와 동사가 섞여 있지. 행동하는 것과 감각에 대한 것도 섞여 있다고 볼 수 있지. 따라서 단어 표를 만들 때 기준을 먼저 세워 주는 것이 중요해.

다음으로 단어를 연결할 때 전혀 고민하지 않았어. 너무나 당연한 사실을 서술하는 방식으로만 단어를 연결해 버린 것이지. ③만 예로 들어 봐도 태양이 그 열기로 설탕을 녹인다는 건 당연한 일이지. 설탕이 맛있다는 것도 그렇고 말이야. 여기서 조금만 고민했다면 '설탕은 맛있는 태양을 녹인다'처럼 써볼 수도 있었을 거야. 이런 일이 생기는 건 상상력을 발휘하지 않고, 현실의 이치에 맞게 서술해야 한다는 경직된 생각 때문이야. 좀 더 유연하게 생각할 줄 아는 자세가 필요해.

그러면 이제 잘 만든 문장으로 학생들이 쓴 시들을 보자.

절망을 느리게 긁는다
시계가 손목을 자른다
조명이 어둡게 춤춘다

감자가 걸려 있다
바나나가 흰 눈이 내린 침대 위에 누워 있다
거미줄 친 회전목마가 보이기 시작했다

풍선의 허리를 잡았다
놓쳐 버렸다

– 학생 작품, <우물>

단어 표의 단어들을 연결해서 쓴 시야. 서로 연관이 없어 보이는 문장들이 나열된 것 같지만, 기묘한 분위기를 만들어.

감각의 나이에도 냄새가 난다

냄새나는 사회는 심장을 잔혹하게 죽였다

심장을 꽉 움켜쥔다

흐릿한 창문에 입술을 쓸쓸하게 누른다

창문에는 분홍빛 입술 자국이 남아 있다

창문은 흐느꼈다

비의 허파는 무색으로 덮였다

이제 더 이상 우중충한 냄새는 나지 않는다

비는 다시 한 번 죽었다

무색의 남자는 현관 안으로 엎어졌다

붉은 액체는 그의 몸을 휘어잡는다

그것은 애초에 존재하지 않았다

　- 학생 작품, <잃어버린 세계 속에서 혼자만>

　이 시는 각 연의 첫 번째 문장들이 단어 표를 활용해서 만든 문장들이야. 그다음에 이어지는 행들은 이 시를 쓴 학생이 그 문장을 바탕으로 해서 덧붙인 것들이지. 이 시가 보여 주는 상상력 역시 우리를 낯선 어딘가로 이끄는 느낌을 줘.

　자, 이제 직접 표를 만들고 단어들을 써보자. 꼭 앞의 예시와 같은 기준으로 단어를 나눌 필요는 없어. 물건, 생물 이런 식으로 일정한 기준을 정해 주면 되는 거야. 그런 뒤 서로 연결을 해봐. 이런 식으로 기발한 문장들을 만들어 나가면서 차근차근 시를 쓸 준비를 해나가는 거야.

오늘도 끄적거리며 놀자 🎲🎲

단어 표를 만들고 그 단어들을 연결하여 독특한 문장 5개를 만들어 보자.

같은 것도
뒤집어 생각하기

'뒤집어 생각하기'도 창의성을 키울 수 있는 방법이야. 기존의 평범한 문장을 역발상으로 표현하는 방법인데, 사실상 본래의 문장과 거의 같은 장면이지만 표현이 기발하게 달라지는 거지. 이렇게만 이야기 하면 무슨 말인지 이해가 잘 안 될 거야. 예시를 한번 보자.

① 신발을 신는다. → 신발이 내 발을 삼킨다.

② 나는 신발을 신고 너에게 간다. → 신발은 나를 끌고 너에게 간다.

③ 저녁이 가까워지자 바다 너머로 해가 진다. → 저녁이 가까워지자 바다는 해를 품는다.

④ 바람이 나를 향해 불어온다. → 나는 바람을 내게로 당긴다.

①~④의 앞부분들은 모두 우리가 아무렇지 않게 사용할 수 있는 당연한 말들이야. 하지만 화살표 뒤의 말들은 어딘가 다르지. 바로 뒤집어서 생각한 것들이야.

①은 전자, 후자 모두 신발 속에 발이 들어간다는 점에서는 같아. 하지만 후자는 '나'가 직접 행동하는 것이 아니라 '신발'에게 당하는 것처럼 표현했어. 신발이 살아 있는 것처럼, 발을 넣는 구멍을 마치 신발의 입처럼 느끼게 하지. 좀 더 생생하게 표현하자면 '신발은 검은 입을 한껏 벌리고 내 발을 삼킨다'와 같이 써볼 수도 있을 거야.

②도 전자, 후자 모두 신발에 발을 넣고 '너'라는 존재에게 간다는 점에서는 같아. 하지만 후자는 ①에서처럼 '나'가 '신발'에게 당하는 것처럼 표현했지. '나'의 의지로 '너'에게 가는 것이 아니라 '신발'에게 이끌려서 어쩔 수 없이 '너'에게 가고 있는 것 같다는 느낌을 주지.

만약 ①과 ②를 하나의 시 속에 넣는다면 '나'의 의지와는 상관없이 '신발'이 원하는 대로 살아가는 듯한 모습을 그려낼 수 있을 거야. 이를 통해서 주체성을 잃어버린 '나'에 대한 내용이 담길 수 있겠지. 마치 엄마의 강요에 못 이겨 원하지도 않는 학원에 억지로 가야 하는 상황 같은 것 말이야.

③은 '바다 너머로 해가 지는' 장면을 '바다가 해를 품는' 것으로 표현했어. 단순히 해가 지는 것일 뿐인데 이를 따뜻한 시선으로 바라보게 만들지. 온종일 떠 있느라 고생한 뜨거운 해를 서늘한 바다가 품어주는 느낌을 주면서 말이야. 그러면 여기서 만약 '바다'가 아닌 '도시'였다면 또 어땠을지 상상해 봐.

④ 역시 전자와 후자의 상황은 비슷해. 바람이 '나' 쪽으로 부는

상황이지. 하지만 전자가 자연적으로 부는 바람이 '나' 쪽을 향하는 것이라면 후자는 '나'가 바람을 끌어당기고 있다고 표현한 차이가 있어. 이 문장을 바탕으로 시를 쓴다면 '왜 나는 바람을 내 쪽으로 당기고 있는 걸까?'에서 출발할 수 있겠지. 그렇게 어떤 이유를 부여하고 내용을 써나가면 한 편의 시가 완성될 수 있을 거야.

같은 맥락에서 좀 더 들어가면 구체적인 사물을 넣거나 이유, 감정을 넣어볼 수 있지. 바람이 부는 상황을 다시 떠올려 보자. 바람이 불면서 '나'가 하고 있는 귀걸이가 흔들리고 있다고 쳐보자. 그러면 또 이렇게 써볼 수 있을 거야.

귀걸이가 흔들리며 나를 향해 바람을 당기고 있다.

단순히 '나'가 바람을 당기는 것에서 '나'에게 속해 있는 어떤 것이 당기는 것으로 바뀌었지? 그러면 여기에 왜 '귀걸이'가 바람을 당기는지도 써보자.

네가 선물했던 귀걸이가 흔들리며 나를 향해 너를 처음 만났던 그 날의 바람을 당기고 있다.

이제 뭔가 사연이 담긴 '바람'이 되었어. 구구절절 쓰는 바람에 시에 이 문장을 통째로 넣기에는 좋지 않아 보이지만 말이야. 시에 저 문장을 넣는다면 부분부분 적절히 잘라내 주면 될 거야. 그리고 더 구체적인 사연도 넣어 주면 되겠지?

발상을 전환하는 다양한 방법

자, 뒤집어서 표현하는 방법을 살펴봤어. 그러면 이렇게 뒤집어서 표현하면 어떤 점이 좋을까? 이런 표현을 접한 독자는 참신함을 느끼게 돼. 참신하다는 것은? 바로 그 표현이 창의적이라는 거야. 다른 사람들이 미처 생각하지 못했던 것이라는 거지. 이런 표현으로 사람들에게 신선한 충격을 주면서 그 안에 의미까지 잘 담는다면 말하고자 하는 바를 더 효과적으로 전달할 수 있을 거야.

발상을 전환하여 쓰는 것은 시를 쓰면서 언제든지 시도해 봐도 돼. 시를 쓰기 전에 한다면 뭔가 글의 중심이 될 만한 기발한 문장을 만들 수 있고, 쓰는 도중에 한다면 그걸 바탕으로 내용을 어딘가 더 나은 방향으로 바꿀 수도 있겠지. 다 쓰고 난 다음에 한다면 밋밋한 문장들 사이에 낯섦을 부여할 수 있을 테고 말이야.

앞뒤 문장의 위치를 바꾸어서도 표현할 수 있어. 아래처럼 말이야.

① 햇볕이 좋아서 엄마는 빨래를 널었다. → 엄마가 빨래를 널어서 햇볕이 좋았다.

② 햇빛이 눈부시게 빛나서 아기는 웃었다. → 아기가 웃어서 햇빛은 눈부시게 빛났다.

이런 방식은 기성시에도 많이 쓰이는 방법이야.

안도현 시인의 〈사랑〉에서는 '매미가 울어서 여름이 뜨겁다'라는 상식에서 벗어난 말을 하고 있어. 하지만 거기에는 이유가 있을 거야. 이 시는 사랑의 의미에 대해 이야기하고 있는데, 불꽃 같은 생명의 힘이 느껴지는 그런 사랑을 말하기 위해 '매미가 울어서 여름이 뜨겁다'라고 말하고 있는 것이지. 이것도 역시 참신한 표현으로 독자에게 의문을 가지게 하고 그 속에 숨은 뜻을 전달함으로써 감동을 주는 방식이야.

다른 친구들이 이 방식을 사용해서 쓴 시들을 보자.

트램펄린 위에서 뛰면 나는 밑으로 내려가고 다시 위로 올라간다.

→ 트램펄린 위로 날아오를 수 있는 것은 밑으로 꺼지기 때문이다.

이 문장은 뒤집어 생각하기를 사용했다고 보기 어려워. 왜냐하면 트램펄린 위에서 뛰면 높이 솟아오르는 이유를 적었을 뿐이기 때문이야. '나에게 짓밟혀 화가 난 트램펄린은 나를 높이 던져 버린다' 정도로 썼으면 어떨까 싶어.

트램펄린 위의 나
밑으로 꺼지는 순간을
맞닥뜨리지만
그것은 도약의
순간이다

– 학생 작품, <인생과 트램펄린>

이 학생은 비록 뒤집어 생각하기는 실패했지만, 이 과정에서 시적인 발견을 하는 데에는 성공했어. 상상력은 부족했지만 좋은 관찰력을 보여 줬다고 할 수 있어. 트램펄린 위에서는 내려앉았다 솟아오르기를 반복하게 되지. 그리고 그 탄성으로 인해 더 높이 솟아오르게 돼. 이 시를 쓴 학생은 바로 그 부분을 포착하고 인생과 연결했어. 삶을 살아가다 좌절이나 절망의 순간이 오더라도 그것을 발판으로 더 높이 솟아오를 수 있다고 말하고 있지. 정현종 시인의 〈떨어져도 튀는 공처럼〉이라는 시에서 보이는 것과 비슷한 발견이야.

또 다른 예시를 볼까?

나는 마스크를 쓴다. → 마스크가 나에게 입맞춤을 한다.

이 문장은 뒤집어 생각하기를 적절하게 사용했어. '내가 마스크를 쓰는 것'에 대해 '마스크를 쓰면 마스크와 입이 닿는다'라는 사실을 활용해서 '마스크가 입맞춤한다'로 뒤집어서 표현한 거야.

> 오늘도 마스크는 나를 위해 마중 나온다
> 하루 중 밖에 나갈 때가 항상 있다
> 그럴 때면 서로 헤어지는 것도 아닌데
> 오늘 이후 나를 못 만나는 것도 아닌데
> 오늘도 나에게 가벼운 입맞춤을 한다
>
> – 학생 작품, <코로나 시대의 사랑>

이 시는 코로나 바이러스가 창궐하는 시대를 살아가는 모습을 보여 주고 있어. 매일 함께 살아가는 것이나 다름없는 동반자 같은 마스크와 늘 입맞춤하며 살아가는 모습 말이야. 시를 보면 알겠지만 뒤집어 생각하기로 쓴 문장에 구체적인 상황들을 추가해 줬지? 그래서 마스크는 늘 나와 함께 있고 싶어 하는 연인의 모습으로 그려지고 있어. 어렵지 않으면서도 시대적 상황을 잘 드러낸 시라고 할 수 있어.

제목은 원래 '가벼운 입맞춤'이었는데, 이런 연인과 같은 모습에서 착안해서 '코로나 시대의 사랑'이 어떻겠냐고 내가 추천한 거야. 콜롬비아의 작가 가브리엘 가르시아 마르케스의 작품 중에 《콜레라 시대의 사랑》이라는 소설이 있는데 그 제목을 비틀어 본 거야.

오늘도 끄적거리며 놀자 🎲🎲

'빌딩들 사이로 붉게 노을이 진다'라는 문장을 뒤집어 생각하기로 바꿔 써보자.

기성 시
바꿔 써보기

이번에 해볼 것은 앞서 상상목록을 작성하고 난 다음 단어를 바꿔 썼던 활동과 비슷한 거야. 하지만 이번엔 그 대상이 이미 있는 시이기 때문에 아마 더 쉽게 해볼 수 있을 거야. 이 부분을 읽고 나면 단어 하나만 바뀌어도 시의 분위기나 의미가 완전히 달라질 수 있다는 것을 알게 될 거야. 그리고 시를 쓰고 난 뒤, 어떻게 고쳐 쓰기를 해야 할지도 알 수 있을 거야.

시어 하나로 분위기가 달라진다

그러면 학생 시 하나를 보면서 바꿔 써보기를 해보자.

가면을 쓴 지휘자가 있다
그의 가면 위로 음악이 흐른다

한 쌍의 토슈즈가 춤을 춘다

거미줄이 쳐진 어두운 방 안

– 학생 작품, <괴팍한 공연>

짧지만 강한 인상을 남기는 작품이야. 이 시가 보여 주는 이미지를 한번 머릿속에 떠올려 봐. 굳이 시어 하나하나를 짚어가며 풀어 보지 않아도 이 시가 어딘가 음산하면서도 비밀스러운 느낌을 준다는 걸 알 수 있을 거야. 아마도 '가면'이라는 시어가 그런 느낌의 중심에 있겠지? 그렇다면 '가면'을 바꿔 보면 어떻게 될까?

광란을 쓴 지휘자가 있다

그의 광란 위로 음악이 흐른다

한 쌍의 토슈즈가 춤을 춘다

거미줄이 쳐진 어두운 방 안

'가면'을 '광란'으로 바꿔 봤어. '가면'일 때는 시가 정적이고 신비한 느낌을 줬다면 '광란'으로 바꾸자 동적이고 광기어린 느낌을 주고 있지? 그리고 '토슈즈의 춤'도 처음의 시와는 달리 그 춤의 강도가 더 세게 느껴지지. 또 다르게 바꿔 보자.

가면을 쓴 지휘자가 있다

그의 가면 위로 음악이 흐른다

한 쌍의 고양이가 춤을 춘다

달빛이 따스하게 내리는 방 안

이번엔 어떤 느낌이 들지? '춤추는 고양이'와 '따스한 달빛' 덕분에 한 편의 동화 같은 분위기가 되었어. '가면을 쓴 지휘자'는 여전히 그 '가면' 때문에 '고양이를 부리는 사람' 또는 '고양이를 사랑하는 사람' 중 어떤 사람인지 명확하지 않은, 어딘가 비밀스러운 느낌을 주지만 말이야.

처음 소개한 학생 작품은 사실 그 자체로 완결된 작품이야. 하지만 이런 식으로 시의 시어들을 바꾸는 것만으로도 그 시의 분위기가 완전히 달라지기도 해. 그리고 이 방법으로 평범한 시를 독특한 시로 바꿀 수도 있어.

어른으로 산다는 것은

거대한 폭포에 던져진

이제야 성숙해진 작은

물고기와 같다

어른으로 산다는 것은

드넓게 펼쳐진 밀림에

던져진 작은 표범과 같다

– 학생 작품, <어른으로 산다는 것> 부분

이 시를 읽어 보면 어떤 생각이 들어? 이 시에 사용된 비유를 살펴보면 '거대한 폭포의 작은 물고기'나 '밀림의 작은 표범'은 둘 다 어려운 환경을 이겨내야 하는 존재로서 '어른'이 가지는 무게감을 드러내고 있지. 표현을 바꿨을 뿐 사실은 같은 말을 반복하고 있는 셈이야. 그리고 누구나 쉽게 그 의미가 무엇인지 파악할 수 있지. 이 시는 '어른의 삶'에 대해 적절한 비유를 사용하기는 했지만, 그 비유가 너무 '어른의 삶'과 가까워서 독자에게 재미를 주지는 못한 평범한 작품이야. 그러면 이 시의 시어들을 한번 바꿔 보자.

어른으로 산다는 것은

거대한 폭포에 던져진

이제야 성숙해진 작은

정적과 같다

어른으로 산다는 것은

드넓게 펼쳐진 밀림에

던져진 **작은** 불씨와 같다

'물고기'를 '정적'으로, '표범'을 '불씨'로 바꿔 줬어. 그리고 '정적'을 수식하는 '작은'은 삭제해 줬어. '거대한 폭포'라는 시끄러움 속에 위치한 '정적^{고요함}'은 묘한 긴장감을 주지. 그리고 어떤 의미인지 한 번에 와닿지 않기 때문에 독자는 고민하게 돼. '드넓은 밀림'에 던져진 '불씨'는 그다음에 일어날 일을 생각해 보면 쉽게 의미가 와닿지만 단순히 '어려운 환경을 이겨내야 하는 존재'라는 의미가 아니라 '환경을 뒤집어 버리는 존재'의 의미를 가지게 되지.

그러면 '어른'이라는 시어를 '절망'이나 '불안'으로 바꿔 보면 또 어떨까? 제목은 '어른으로 산다는 것' 그대로 두고 말이야.

적용해 보기

이제 단어 하나만 바꾸더라도 평범했던 시도 입체적으로 바뀔 수 있다는 걸 알았을 거야. 그러면 이 방법은 시를 쓸 때 구체적으로 어떻게 활용해 볼 수 있을까?

먼저 시를 다 쓴 뒤 분위기를 바꿔 보는 데 써볼 수 있겠지. 다 쓰기는 했지만 내가 의도했던 방향으로 시가 나오지 않는 경우도 있거든. 그런 때 이런저런 단어를 바꿔 넣어 보면서 시를 만지작거려 보는 거지. 그러다 보면 밝았던 시가 어두워지기도 하고, 이미지가 분명하지 않았던 시가 구체적인 이미지를 드러내는 글로 바뀌기도 해. 이렇게 최종 선택을 위한 여러 후보작을 만들 수 있겠지. 그중 가장 마음에 드는 것을 골라내면 되는 거야.

다음으로는 시를 다 쓴 뒤에 평범한 것을 독특한 것으로 바꿔볼 수도 있을 거야. 표현이 너무 상투적이거나 뻔한 것은 아닌지 살펴보는 것이 중요해. 그런 표현은 시의 완성도를 많이 떨어뜨리는 경우가 많거든. 계속해서 강조하지만 남들이 다 쓰는 표현은 독자에게 참신한 느낌을 줄 수 없어. 창의성이나 상상력이 부족해지고 나만의 개성을 보여 주지 못하지. 그럴 땐 앞서 살펴본 것처럼 단어 몇 개만 바꿔 줘도 생각지 못한 기발함을 보여 줄 수 있어.

마지막으로 이 방법을 활용해서 기성 시인이 쓴 작품을 패러디해 볼 수도 있어. 패러디는 '특정 작품의 소재나 작가의 문체를 흉내 내어 익살스럽게 표현하는 수법 또는 그 작품'을 의미하는데, 이 방법은 대개 특정한 대상을 풍자하려는 의도를 가지고 쓰는 경우가 많아. 그 대상은 패러디한 작품이 될 수도 있고 아니면 다른 대상이 될 수도 있어. 예를 한번 보자.

우리들은 모두

무엇이 되고 싶다

나는 너에게 너는 나에게

잊혀지지 않는 하나의 눈짓이 되고 싶다

- 김춘수, <꽃> 부분

우리들은 모두

사랑이 되고 싶다

끄고 싶을 때 끄고 켜고 싶을 때 켤 수 있는

라디오가 되고 싶다

- 장정일, <라디오같이 사랑을 끄고 켤 수 있다면> 부분

김춘수 시인의 <꽃>은 정말 유명한 작품이지. 부모님 세대 중에 아마 모르는 분이 거의 없을 거야. 이 시는 원래 '존재 사이의 순수하고 아름다운 만남'에 대해 말하고자 한 시야.

그런데 장정일 시인은 김춘수 시인의 '꽃'의 형식을 가지고 오면서 그 시가 가지고 있던 의미를 뒤집어 버렸어. '가볍고 편리한 사랑을 추구하는 세태에 대한 풍자'로 말이야. '꽃' 대신 '라디오'를 넣음으로써 말이지.

이런 패러디는 원작을 알고 있는 독자에게 신선한 충격을 줄 수

있어. 이뿐만 아니라 시인의 생각을 더 강조해 보여 줄 수 있게 돼. 하지만 원래 작품에 대한 모독이 되지 않도록 주의를 해서 사용해야 하는 방법이기도 하지.

마지막으로 조금 긴 시를 하나 고쳐 보고 마무리하도록 하자. 아래 시가 좋지 않은 시라서 고치는 것은 아니야. 단어가 바뀌면 시 전체가 어떻게 바뀌는지 알아보기 위해서라고 이해하면 돼. 이 시가 어떻게 바뀌었는지 살펴보고 그 느낌은 어떤지, 다르게 고친다면 어떻게 해볼 수 있을지 생각해 보자.

나는 어둠 속에 갇혀 있다
어둠 속에서 빛나는 달은 모든 것을 잠가버렸다
나는 그곳에 도달하고 싶다
멀지만 가까운, 어둠은 없고 밝음도 없다

거대한 달팽이들이 철문, 나무문, 화려한 문을 지키고
쨍쨍한 햇빛 아래에서 우산을 쓰고
오래된 나무에는 꽃다발을 꽂아주는
벽 너머에 유리로 막혀 있는 푸른 세계

인생은, 소리를 낸다

내가 부딪히면 울고,

내가 암흑에 빠지면 고통스러워한다

– 학생 작품, <심해의 달>

고친 작품은 아래와 같아.

늑대는 슬픔 속에 갇혀 있다

그 속에서 빛나는 구름은 모든 것을 잠가버렸다

늑대는 그곳에 도달하고 싶다

멀지만 가까운, 슬픔은 없고 기쁨도 없다

거대한 감정들이 철문, 나무문, 화려한 문을 지키고

쨍쨍한 환희 아래에서 우산을 쓰고

오래된 절망에는 꽃다발을 꽂아주는

벽 너머에 유리로 막혀 있는 푸른 세계

살아 있다는 것은, 소리를 내는 것이다

늑대가 부딪히면 울고,

늑대가 늪에 빠지면 고통스러워한다

오늘도 끄적거리며 놀자 🎲🎲

김춘수 시인의 <꽃>을 아래 예시처럼 다른 느낌의 시로 바꿔 보자.

바람이 나무의 잎사귀를 어루만져 주기 전에는

나무는 다만

먼 별빛에 지나지 않았다.

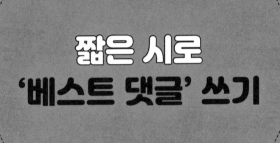

짧은 시로
'베스트 댓글' 쓰기

우리는 똥 한 번 먹어본 적 없이 똥 맛을 말한다

- 학생 작품, <으엑 퉤퉤퉤>

    학생이 쓴 짧은 시야. 짧지만 우리가 미처 생각하지 못했던 부분을 잘 포착하고 있지? 우리는 살아가면서 많은 것들을 맛봐. 그 중엔 맛있는 것도 있지만 이게 사람이 먹을 수 있는 건가 싶을 정도로 정말 맛없는 것들도 있지. 그때 우리는 '윽, 똥 맛이야.'라고 말하곤 해. 그런데 말이야, 정말 똥을 먹어보고 그런 말을 하는 걸까? 이 책을 읽는 친구 중에 똥을 먹어 본 사람은 아마 거의 없을 거야.

    이 시는 바로 그런 부분을 잘 짚어 냈어. 실제로 똥을 먹어 보지도 않았지만 똥 맛을 말하는 것처럼, 경험해 보지도 않은 것에 대해 지레짐작하는 태도에 대해 말하고 있지. 즉, 그런 세태에 대해 풍자하고 있다고 할 수 있어. 제목도 '으엑 퉤퉤퉤'잖아. 맛없는 것을 먹은 상황 때문에 '퉤퉤퉤'라고 하는 것이라 볼 수도 있겠지만, 이 시를 쓴 친구는 아마도 지레짐작하는 태도에 대해 경계하자는 의미로 '퉤퉤퉤'

라고 했을 거야. 짧지만 그 속에 말하고자 하는 바를 잘 담아냈지.

시를 쓰는 감각을 기르는 짧은 시 쓰기

우리도 한두 줄짜리 짧은 시를 써볼 거야. '한두 줄'이라니 무척 쉬울 것 같지? 아니야. 어쩌면 제일 어려운 부분이 될 수도 있어. 그 짧은 문장 안에 말하고자 하는 걸 모두 담아야 하거든. 그리고 그게 평범해서는 안 돼.

인터넷 댓글을 생각해 보면 될 거야. 많은 사람의 추천을 받아 댓글 중에서도 제일 상단에 위치하는, 흔히 '베댓'이라 불리는 그 댓글 말이야. 그런 댓글들을 보면 누구나 공감할 만한 내용이면서도 뻔하지 않은, 기발함이 담긴 것들이 많아. 물론 댓글의 특성상 그 분량이 짧으면서도 말이야.

아포리즘이라는 게 있어. 아포리즘은 누가 쓴 것인지 분명히 밝혀져 있는 글로 삶의 교훈이나 깨달음을 간결하게 표현한 것을 말하는데, 대개 한두 문장으로 이루어져 있어. 그리고 그 내용은 삶과 닿아 있어서 누구나 공감할 수 있으며 표현이 독창적이고 참신한 경우가 많아. 그래서 기억해 두고 쓰기 좋은 말이야. 바로 이런 거야.

사람들은 흑사병을 얘기할 때는 두려움과 전율을 느끼지만, 알렉산더와 나폴레옹처럼 파괴하는 자를 얘기할 때는 열광적인 흠모를 드러낸다.

- 칼릴 지브란

짧은 시는 직접 써보면 알게 되겠지만 이런 아포리즘과 같은 성격을 많이 가지게 돼. 그래서 미리 이런 아포리즘들을 찾아서 읽어 보면 많은 도움이 될 거야. 그리고 하상욱 시인의 단편 시도 참고할 만하지. 짧은 분량 안에 웃음을 주기도 하고 삶에 대해 생각해 보게도 하는 좋은 예라고 할 수 있거든.

짧은 문장이 특별해지는 방법

이 부분은 사실 감각이 중요해. 흔히 위트나 센스라고들 하는 그런 것, 중요한 부분을 포착하고 언어유희로 사람들을 웃기거나 뼈있는 말을 하는 능력 말이야. 관찰 능력이 뛰어나서 핵심을 잘 짚어 내거나 늘 유머가 넘치는 사람들을 주변에서 본 적 있을 거야. 그런 사람이 없다면 텔레비전에서 예능인들이 보이는 모습을 떠올려 보면 돼. 대개 이런 건 타고나거나 주변 환경의 영향을 받는 경우가 많아.

하지만 훈련을 통해서도 충분히 가능해. 물론 삶에 대한 깊이 있는 성찰과 경험도 중요하고 말이야. 그러면 몇 가지 예시를 보자.

밤바다는 환하게 금이 갔다.

– 학생 작품, <오징어잡이 배>

이 작품은 경험에서 나온 시야. 아마 새벽 동해 바다에서 오징어잡이 배들이 만들어 내는 빛의 선을 본 적이 없는 사람은 이게 무슨 말인지 이해가 잘 가지 않을 거야. 포털사이트에서 '오징어잡이 배'로 이미지 검색을 해봐. 이 시가 바로 이해가 가게 될 거야.

오징어잡이 배들은 어두운 새벽에 항구를 떠나 바다 한가운데에서 오징어를 잡아. 그때 줄지어 선 배들의 불빛이 하늘과 바다가 구분이 되지 않는 어둠을 가로지르며 마치 검은 도화지 위에 환한 금이 간 것 같은 풍경을 만들어 내지.

이 시를 쓴 친구는 그때의 장면을 잊지 않고 잘 기억해 두었다가 이렇게 표현한 거야.

밤바다에는 하늘이 없다. 그냥 다 바다다.

– 학생 작품, <파도 소리>

역시 밤바다가 소재인 시이지만 앞의 시와는 다르게 여기에는 오징어잡이 배가 없어. 그냥 하늘과 바다가 구분이 되지 않는 새까만 바다를 보여 주고 있지. 그런데 제목이 '파도 소리'야. 짧은 시이다 보니 그 안에 담지 못한 것을 제목으로 보여 주고 있어. 아마도 이 시의 뒤에 '그저 파도 소리만 들려올 뿐'이라는 말을 붙이고 싶었을 것 같아. 그러나 이 말을 붙이지 않고 제목으로 보낸 것이 오히려 참 멋지다는 생각이 들어. 제목에 '파도 소리'를 제시함으로써 자연스럽게 파도 소리만 들려오는 어둠 속에 있는 듯한 느낌을 주지. 이렇게 짧은 시에서는 제목의 역할도 매우 중요해.

시계 속에서 흐르는 것은 / 시계 속에 갇힌 시간

– 학생 작품, <중학생>

이 작품에서는 시계 속에 시간이 갇혀있다고 하고 있어. 일단 표현 자체는 멋진데 그게 무슨 의미인지는 잘 와닿지 않지? 그러면 제목을 보자. 느낌이 오지? 교실 안에서 빨리 수업이 끝나기만을 기다리는 학생의 모습을 그린 거라는 걸 짐작할 수 있을 거야. 수업이 빨리 끝났으면 하는 마음에 자꾸 시계만 쳐다보는 거지. 그런데 그 시계 속의 바늘들마저 너무나 느리게 움직이는 것 같은 거야. 그걸 '시계 속에 갇힌 시간'이라고 표현한 것이겠지?

그러면 이런 짧은 시들 몇 편을 더 보고 끝내도록 하자.

그들에 대한 나의 기대가 / 너무 큰 것일까?

나에 대한 그들의 착각이 / 너무 큰 것일까?

– 학생 작품, <급식>

조금 멀어지면 바로 끊긴다 / 우리도 그렇다

– 학생 작품, <와이파이>

처음은 아닌데 왜 이렇게 설레지

– 학생 작품, <비행기>

탕탕 캐릭터 싸우는 소리 / 쾅쾅 엄마가 방문 두드리는 소리

– 학생 작품, <게임>

오늘도 끄적거리며 놀자 🎲🁢

일상에서 포착한 순간을 바탕으로 짧은 시를 세 편 쓰고, 제목도 지어 보자.

3장

....

게임하듯
놀면서
시 쓰자

보드게임으로
시 쓰기

숲 사이로 아기를 담은 바구니가 있다

허수아비가 바라본다

– 학생 작품, <비참한 숲>

이 작품은 '딕싯'이라는 보드게임을 하고 이를 바탕으로 학생이 쓴 시야. 어딘가 섬뜩함이 느껴지지. 이 시에 제시된 장면을 떠올리면서 우리 머릿속에서 몇 가지 생각이 오가기 때문이야. '왜 아기가 담긴 바구니가 숲속에 있을까?' '아기는 버려진 걸까?' '저 허수아비는 뭘까?' '허수아비가 위험한 존재는 아닐까?' 같은 생각들 말이야. 제목조차 '비참한 숲'이지. 어떤 비참한 일이 이 숲에서 일어났거나 또는 일어날 것임을 암시하는 제목이야.

이런 것이 바로 이미지가 가지는 힘이야. 굳이 무얼 말하려고 하는지 구구절절 설명하지 않아도 독자는 제시된 장면만으로도 상황에 대해 상상하고 무언가를 느끼게 되는 거지. 시에서는 일일이 설명할 필요가 없다는 건 앞에서도 이야기한 바 있지? 이제 우리는 보드게임을 하면서 설명 없이 이미지만으로 독자에게 무언가를 느끼게 하는 시를 써볼 거야. 자, 그러면 게임 방법을 알아보자.

딕싯 게임이란?

2008년 프랑스에서 출시된 '딕싯'은 수수께끼를 제시하고 맞히는 보드게임이야. 규칙을 살펴볼까?

1) 구성물

점수판, 그림이 그려진 카드 84장, 숫자 토큰 36개각각 1에서 6까지의 숫자가 적혀있는 여섯 색깔, 토끼 모양 점수 말 6개

2) 준비

각자 토끼 모양 말을 하나씩 골라 점수판의 0칸에 놓는다. 카드를 섞어 6장씩 앞면이 보이지 않게 나누어 준다. 남는 카드는 뒷면이 보이도록 더미를 만든다. 각자 자기 말 색깔과 같은 색깔 숫자 토큰을 가져간다. 게임은 3명부터 6명까지 할 수 있다. 물론 인원이 많을수록 좋다.

- 3인 : 숫자 토큰 3개1부터 3까지씩 가져간다.

- 4인 : 숫자 토큰 4개^{1부터 4까지} 씩 가져간다.

- 5인 : 숫자 토큰 5개^{1부터 5까지} 씩 가져간다.

- 6인 : 숫자 토큰 6개^{1부터 6까지} 씩 가져간다.

3) 진행

가. 이야기꾼의 역할

차례마다 돌아가면서 한 사람씩 이야기꾼이 된다. 첫 번째 이야기꾼은 가위바위보로 정한다. 이야기꾼은 손에 든 카드 중 1장을 선택해 뒷면이 보이게 내려놓는데, 카드를 다른 사람에게 보여 주면 안 된다. 그런 뒤 그 카드에 그려진 그림에 대해 설명한다.

카드를 설명하는 방식은 이야기꾼 마음대로이다. '평화'나 '꿈'처럼 한 단어로 된 말도 좋고, '200살 된 바다거북의 권태', '거북이에게 추월당한 달팽이의 분노'처럼 긴 단어나 문장으로 이야기해도 좋다. 영화나 노래 제목, 속담, 시구 등을 이용해도 된다.

나. 카드 내기

다른 사람들은 이야기꾼의 설명을 듣고, 손에 든 카드 가운데 어떤 카드가 그 설명에 어울리는지 생각한다.

어떤 카드를 낼지 결정했다면 선택한 카드를 앞면이 보이지 않게 자기 앞에 놓는다. 모두 카드를 내려놓았으면, 이야기꾼은 자신이 낸 카드와 다른 사람들이 낸 카드를 잘 섞은 뒤 앞면이 보이게 일렬로 나란히 펼쳐 놓는다. 그런 뒤 이야기꾼은 각 카드에 번호를 매겨 준다. 예를 들면, 이야기꾼이 늘어놓은 4장의 카드 중 이야기꾼을 기준으로 왼쪽 카드부터 1번, 2번, 3번, 4번 식으로 번호를 매긴다.

다. 이야기꾼의 마음 알아내기

펼쳐진 카드 가운데 이야기꾼이 낸 카드를 맞히는 것이 다른 사람들의 목표이다. 자신의 숫자 토큰 가운데 이야기꾼이 냈다고 생각하는 카드와 일치하는 숫자 토큰을 골라, 숫자가 보이지 않게 자기 앞에 놓는다. 이때, 주의할 점은 자신이 낸 카드에 해당하는 숫자 토큰은 낼 수 없다는 것이다.

모두 토큰을 놓으면 이야기꾼은 다른 사람들이 내려놓은 토큰을 펼친다. 그런 뒤 각 토큰을 바닥에 펼쳐 놓은 카드 번호와 일치하는 곳으로 옮긴다.

라. 점수 계산

이야기꾼이 낸 카드를 모두 맞히거나 아무도 맞히지 못하면, 이야기꾼은 점수를 얻지 못하고 나머지 사람들은 모두 2점을 얻는다.

위의 경우가 아니라면, 이야기꾼이 낸 카드를 맞힌 사람과 이야기꾼은 각각 3점을 얻는다.

이야기꾼이 아닌 다른 사람의 카드 앞에 토큰이 놓였다면, 그 카드를 낸 사람은 카드 앞에 놓인 토큰 개수만큼 점수를 얻는다.

마지막으로 이야기꾼은 자신이 낸 카드가 어떤 것인지 밝히고, 그런 뒤 왜 그렇게 설명했는지도 말한다. 각자 얻은 점수만큼 점수판의 말을 이동한다.

마. 다음 차례로 넘어가기

말을 이동한 다음, 카드 더미에서 카드를 1장씩 가져와 손에 든 카드를 6장으로 만든다. 카드 더미에 카드가 남아 있다면 이야기꾼의 왼쪽에 있는 사람이 새로운 이야기꾼이 되어 위와 같은 방법으로 다음 차례를 진행한다.

4) 종료

카드 더미가 다 떨어지면 게임이 끝난다. 말이 멀리 이동한 순서대로 순위가 결정된다.

간단한 규칙이지? 그런데 이 게임은 이렇게 단순한 규칙과 발상만으로 2009년과 2010년에 각종 보드게임 관련 상을 휩쓸었고 지금까지도 세계적으로 엄청난 인기를 누리고 있어.

딕싯Dixit은 라틴어로 '말하다'라는 의미야. 그만큼 게임 안에서 말하는 것이 중요한 위치를 차지하고 있지. 그 말은 상징성을 지닌 일종의 수수께끼이고 말이야. 어딘가 시와 비슷하지? 시를 쓰듯 말하고 시를 읽듯 수수께끼를 푸는 게임인 것이지.

딕싯에는 84장의 각기 다른 그림이 그려져 있는 카드들이 있어. 이 카드들은 다양한 상상력을 자극하는 그림들로 구성되어 있지. 그래서 게임을 진행하면서 똑같은 그림에 대해서도 사람마다 다른 설명을 하게 되는 거야. 또한, 그림에 대해 설명을 할 때 그 그림을 너무 정확하게 설명을 해서도 안 되지. 이로 인해 사람들은 카드의 그림을 설명을 할 때, 자연스럽게 비유나 상징을 활용해 설명하게 되는 것이고 말이야.

따라서 딕싯은 카드들의 특이한 그림으로 다양한 상상력을 자극하고, 그 규칙으로 창의적인 사고를 하게 하는 특성이 있어. 즉, 자연스럽게 상상력과 창의성을 키워 나갈 수 있는 구조를 갖추고 있는 거지.

보드게임을 활용한 본격적인 시 쓰기

이제 이 딕싯을 활용해서 어떻게 시를 창작할 수 있는지 보도록 하자. 그 전에 이 시들을 한번 볼까? 시의 전문은 아니고 일부이긴 한데, 이 중 하나는 기성 시인의 작품이고, 나머지 셋은 이 게임을 한 후에 학생들이 창작한 작품이야. 기성 시인의 작품은 어떤 것일지 한번 찾아 봐.

(가)

구겨진 달빛을 먹는 새들을 생각했다

새들의 배 속에서 천천히 형성되는 알의 형상을 생각했다

내 새끼야 이 잔인한 내 새끼야

새들이 탈출구 없는 나뭇가지 사이에서 죽어갔다

죽은 숨들이 이글이글 불타올랐다

불 타 죽은 네가 떠올라 마음 아파하면 너는 다시 불타버렸다

(나)

아이들은 구름을 조각했고

아버지의 그림자는 고양이가 되었다

늑대는 새장에 부모를 가두었고

덩굴 같은 연인들은 서로를 자르기 시작했다

우리는 체스를 둔다

(다)

끝이 보이지 않는 계단 위에

달팽이가 있다

남녀가

떨어지고 있다

뱀은 피를 흘리며

죽는다

달이 보인다

나뭇잎으로 되어 있는

(라)

철창 속 물고기 두 마리가

절망 속으로 헤엄친다

보라색 주사위에서 태어난 악마

주사위의 검푸른 눈에서

다리가 만들어지고

다섯 개의 까만 눈에서

벌레가 나온다

답은 바로 알려 주면 재미없으니 조금 뒤에 알려 줄게. 네 작품이 보여 주는 이미지가 어딘가 낯설고 상상력을 자극하는 게 느껴질 거야. 딕싯으로 시를 쓰게 되면 그 이미지를 그대로 보여 주기만 해도 되고, 이미지에 수정을 가해서 써도 돼. 앞의 2장에서 배운 방법들을 적절히 활용해서 수정하면 더 멋진 작품이 될 수 있을 거야. 위 작품 중에도 그런 것들이 있기도 하고 말이야.

사실 이 방법으로 시를 쓰면 학생들은 자신이 뭔가를 써 놓고도 무슨 의미인지 모르는 경우가 많아. 무슨 말인지 모르겠지만 멋있다고 말하지. 앞에서 해본 방법들도 마찬가지이지만 이 방법은 특히 더 그런 경우가 많았어. 소설《장미의 이름》으로 유명한 소설가 움베르토 에코는 이런 말을 남겼어. "소설은 주제를 따라가면 되고, 시는 표현을 따라가면 된다." 시를 쓸 때 주제에 대해 크게 고민할 필요가 없다는 뜻이야.

그런 의미에서 딕싯을 활용한 시 창작의 목적은 학생들이 자신도 모르게 비유나 상징을 사용하게끔 유도하고 표현의 즐거움을 느끼게 하는 데에 있어. 아직 학생들은 자신의 삶에 대해 성찰하고 무거운 주제를 다루기에는 턱없이 어린 나이니까 말이야. 오히려 그런 제약에서 벗어나 자유롭게 표현해 보고, 멋진 표현을 만들어서 그에 따른 성취감을 느낌으로써 시를 읽는 것이나 창작하는 것에 대한 거부감을 없애는 것이 중요하다고 생각해.

제시한 시들 중 (나), (다), (라)는 학생들이 쓴 작품의 일부야. 따라서 정답은 (가)가 되겠지. 어때? 답을 찾았어? 사실 여기서 답을 찾고 못 찾고는 중요한 건 아니야. (가)는 박용진 시인의 〈웅덩이〉라는 시의 일부야. 맞아, 바로 내 시야.

(가)~(라)는 공통점들이 있어. 무슨 말인지 잘 모르겠다는 점. 그리고 기발함에서 오는 충격이 존재한다는 점. 어울리지 않아 보이는 것들을 폭력적으로 결합시키는 데서 오는 낯섦 같은 것들이지. 이런 것들은 시적 긴장감을 만들어 내게 돼. 이제 그런 시를 쓰는 방법을 살펴보자.

일단 앞서 알려 준 딕싯의 게임 방법에 따라 게임을 한번 해보면서 게임의 규칙을 익혀 봐. 쉬우니까 금방 재미있게 할 수 있게 될 거야. 그런 뒤 몇 가지 규칙을 추가하도록 해. 첫째, 이야기꾼이 카드를 내면서 말할 수 있는 단어를 감정과 관련된 단어로 제한하는 거야. 예를 들면 '슬픈', '기쁜', '당혹스러움'과 같은 감정 단어만을 말할 수 있는 거지.

이렇게 감정 단어로 제한하는 이유는 시를 쓰기 위해서야. 6명이 이 게임을 한다고 가정했을 때, 이야기꾼이 '슬픔'이라고 말했다면 6장의 그림 카드가 모이겠지. 그 카드는 어떻게든 슬픔과 관련된 부분이 있는 그림들이야. 왜냐하면 다들 점수를 받기 위해 자기가 가진 카드 중에서 최선을 다해 슬픔이 느껴질 만한 카드들을 골랐을 테니까 말이야. 둘째, 그렇게 카드가 모였다면 라운드가 끝날 때마다 그 라운드에 나온 카드들을 그냥 버리는 더미에 두지 말고 모은 뒤, 포스트잇에 해당 감정 단어를 적어서 붙여 두자. 이렇게 하면 각각의 감정과 관련된 그림들이 모이게 될 거야. 이후 모이는 카드들과 구분이 되도록 따로 잘 모아 봐.

그리고 셋째, 게임이 끝나면, 1등부터 자신의 마음에 드는 감정이 적힌 카드 더미를 하나씩 가져가. 남는 더미가 생길 경우에는 1등부터 필요한 사람이 가지고 가도록 해. 카드가 많을수록 이후 시를 쓸 때 선택의 폭은 넓어져.

이때 자기가 더 잘 쓸 수 있을 것 같은 감정 카드 더미가 있다면 서로 교환해도 좋아. 각자 필요한 감정 단어 더미를 가졌으면 이제 다음 단계로 넘어가서 창작을 하도록 하자. 참, 어떤 감정 단어들이 있는지 모르겠으면 아래의 예시 단어 목록이나 이 책의 부록을 참고하도록 해.

분노: 화난, 불행한, 괴팍한, 불쾌한…

경멸: 질색인, 신랄한, 얕보는, 천박한…

슬픔: 우울한, 풀이 죽은, 절망한, 의기소침한…

행복: 아주 좋아하는, 애정 어린, 인정받는, 즐거운…

관심: 명랑한, 기대하는, 흥분된, 열중하는, 기대하는…

욕구가 충족될 때: 감동 받은, 뭉클한, 벅찬, 포근한, 당당한, 잠잠해진…

이제 우리가 할 일은 간단해. 다음 순서대로 따라가 보도록 하자.

우선 다음의 예시처럼 자신이 가져온 카드의 그림을 그대로 글로 적어 봐. 이때, 이것만으로도 한 편의 시가 완성되기도 해. 예로, 앞서 제시한 예시에서 (다)가 이에 해당해. (다)는 학생이 받은 카드에 그려져 있는 그림을 거의 그대로 묘사만 한 거야.

가. 오르골 속에 소년이 산다. 눈 내린 언덕 위에 음표들이 떨어져 있다.

나. 접시에 담긴 심장이 불타고 있다. 유리 덮개로 심장을 덮어 두었다.

다. 손바닥을 돋보기로 바라본다. 손금을 따라 물이 흐르고 있다.

다음으로 적은 글들을 그대로 두고, 그것을 기준으로 그 사이에 감정과 관련된 서술을 넣어 봐. 그리고 적절하게 변형을 줘봐. 이때 친구들이 그 카드를 골랐던 이유를 떠올려 보며 참고해서 쓰도록 해.

　예시 그림들은 '비참한' 감정과 관련된 카드들에 속한 것들이야. 다음 예시에서 붉은색 글씨는 '비참한'과 관련하여 자신이 상상한 것, 또는 친구들이 상상한 것을 추가한 부분이야. 그리고 가운데줄을 그어 삭제한 것은 시의 분위기와 어울리지 않아서, 또는 원하는 표현이 아니라서 고쳐 쓰기를 한 거야.

오르골 속에 소년이 산다

누군가 손잡이를 돌릴 때마다 소년은 시끄럽다

눈 내린 언덕 위에 음표들이 떨어져 있다

누군가 소년을 버린 것이다

접시에 담긴 소년의 심장이 불타고 있다

누군가 소년을 삼키려 한다는 의미이다

그는 유리덮개로 심장을 덮어 두었다

다시는 심장을 가질 수 없을 것이다

소년은 손바닥을 돋보기로 바라본다

~~손금을 따라 물이 흐르고 있다~~

~~손금은 핏줄이 되어 흐르고 있다~~

~~손금이라는 핏줄 위로 음악이 흐르고 있다~~

~~손금을 따라 음표가 흐르고 있다~~

- <비참한 음악>

마지막으로 다 쓴 시를 친구들과 바꿔 읽어 보고 서로 평가하고 의견을 나누거나 조언을 해봐. 친구들과 이야기를 하다 보면 미처 생각하지 못한 새로운 아이디어나 표현이 나올 수 있어. 그런 뒤, 다시 한번 자신의 시를 고쳐 써봐.

보드게임을 하며 시를 쓸 때 주의할 점

어떤 식으로 시를 쓰는 건지 이해가 되었겠지? 혹시라도 아직 이해가 안 되었을 수 있으니 이 방법으로 시를 쓸 때 주의할 점과 함께 조금 더 설명해 볼게.

먼저, 시를 쓸 때 감정 단어가 시에 나타나지 않도록 주의하도록 하자. 시에 감정 단어를 사용하기보다 그 감정을 보여 줄 수 있는 모습을 묘사할 수 있도록 써봐. 이 시 쓰기는 이미지를 통해서 그 감정을 전달하는 방법을 활용하는 데에 목적이 있으니까 말이야.

예를 들어 박목월 시인의 〈불국사〉는 밤의 불국사에서 보이는 장면과 소리만 보여 주는 시야. 시의 이미지들은 모두 제목의 '불국사'라는 절과 연결되는 것이라 따로 다른 설명이나 서술이 없어도 우리는 불국사의 밤, 그 정적을 머릿속에 그려 보게 되지. 마찬가지야. 이 시의 이미지는 '불국사'로 묶인 것이고 우리가 쓸 시의 이미지는 하나의 '감정'으로 묶인 것이지.

참, 제목에는 감정 단어가 나타나도 괜찮아. 그렇게 하면 시가 말하고자 하는 바를 독자에게 좀 더 잘 전달할 수 있지. 수수께끼로 치면 힌트를 주는 셈이야.

다음으로 인과관계에 신경 쓰지 않도록 하자. 인과관계에 신경을 쓰기 시작하면 시에서 이미지는 사라지고 설명만 남게 되고 말아. 앞의 그림에 대한 묘사와 뒤의 그림에 대한 묘사가 이어지지 않는 것 같아도 그대로 둬. 그것만으로도 괜찮아. 이미 그 그림들은 여러 사람이 생각하기에 그 감정과 관련이 있다고 생각했던 것들이잖아. 즉, 그림들이 그 감정 단어와 모두 관련이 있는 것이기 때문에 그림들을 묘사한 것만으로도 해당 감정을 표현할 수 있게 되는 거야.

마지막으로 아직도 정말 어떻게 써야 할지 모르겠다면 카드 속 그림의 상황을 그냥 그대로 적어. 그런 뒤 해당 감정을 제목으로 붙여.

그것으로 끝내도 돼. 파편적인 이미지의 제시만으로도 충분히 시가 될 수 있어. 계속 말했지만, 그 이미지들은 모두 하나의 감정과 관련된 것들이기 때문이야. 이렇게 자꾸만 강조하는 이유는 시를 쓸 때 습관적으로 설명하려고 하는 친구들이 너무 많기 때문이야.

한 단계 더 나아가기

이제 이렇게 시를 쓸 때 활용할 수 있는 방법들을 알아보자. 다음 예시는 카드의 그림을 단순히 묘사하고 나열한 후 연을 나눠 본 거야. 게임을 해봤다면 아마 한 번씩 본 적이 있는 장면들일 거야.

물방울 속에 사람이 있다. 해가 있다. 뱀이 있다. 들판이 있고, 물방울 속에는 물이 있다.
물방울들은 모두 어딘가에 묶인 채 떨어져 내리고 있다.

벽에 몸이 갇힌 채 머리만 내밀고 있는 사슴은 뿔이 있다. 여자의 치마 속에 갇힌 물고기들이 떠돌아다니고 여자의 머리카락은 뿔처럼 치솟는다. 노파가 앞치마를 들고 자신의 뱃속을 보여 준다. 학대의 순간이 포착되고 있다. 노파는 뿔을 들고 웃었다. 나는 곰인형 뒤에

숨었다.

꼭두각시가 어딘가에 묶인 채, 얌전히 앉아 있었다.

그냥 읽어서는 의미를 파악하기 어렵지? 하지만 이 장면들이 '슬픔'이라는 감정 단어와 관련된 것들이라면 어떨까? 여기에 '슬픔'과 관련된 제목을 붙이면 의미가 담긴 부분들이 생기게 될 거야. 제목을 '슬픔의 형태'라고 해보자. 어때? 이 제목이 붙자 그림을 단순히 묘사한 것뿐인 저 문장들이 한 편의 시가 되는 게 느껴질 거야.

여기서 시를 좀 더 고쳐보고 싶다면 이렇게 해보자. 앞서 2장에서 해봤던 방법들을 활용하는 거야.

먼저 단어들끼리 자리를 바꿔 보는 거야. 그러면 전혀 엉뚱하면서도 기발한 표현이 나오기도 해. 다음은 이 방법으로 '슬픔의 형태' 시에서 몇몇 부분을 고친 예시야.

가. 벽에 몸이 갇힌 채 머리만 내밀고 있는 사슴 → 사슴 속에 머리가 갇힌 채 몸만 내밀고 있는 벽 또는 머리 속에 몸이 갇힌 채 벽만 내밀고 있는 사슴
나. 여자의 치마 속에 갇힌 물고기 → 물고기의 치마 속에 갇힌 여자

그다음으로는 단어 하나를 골라서 모두 '나' 또는 '어머니'와 같은 다른 단어로 바꿔 봐. 이 경우 바뀐 대상의 상태를 나타내는 표현이 되면서 감정이나 말하고자 하는 바가 더 잘 드러나게 되지. 앞의 기성 시인이 쓴 시 찾기에서 (나)와 (라)가 이런 방법으로 쓰인 작품들이야.

> 가. 물방울 속에 사람이 있다. 해가 있다. 뱀이 있다. 들판이 있고, 물방울 속에는 물이 있다. / 물방울들은 모두 어딘가에 묶인 채 떨어져 내리고 있다.
>
> → 어머니 속에 사람이 있다. 해가 있다. 뱀이 있다. 들판이 있고, 어머니 속에는 어머니들이 있다. / 어머니들은 모두 어딘가에 묶인 채 떨어져 내리고 있다.
>
> 나. 꼭두각시가 어딘가에 묶인 채, 얌전히 앉아 있었다.
>
> → 내가 어딘가에 묶인 채, 얌전히 앉아 있었다.

나는 친구들이 이런 방법으로 꼭 시를 써봤으면 좋겠어. 정말 시를 전혀 쓸 줄 모르는 학생들도 이 방법으로 썼을 때 좋은 작품들을 많이 써냈었거든. 같이 이 보드게임을 할 친구가 없는 상황이라면 혼자서 카드 몇 장을 뽑은 뒤에 감정 단어와 관련된 카드들을 골라내서 해봐도 돼. 조금 아쉽긴 하겠지만 말이야. 그럼 좋은 시를 쓸 수 있기를 바라.

단어 카드로
힙합 가사 쓰기

자, 이번엔 게임을 하면서 힙합의 가사인 랩을 만들어 볼 거야. 각운을 중심으로 해서 랩을 만드는 게임인데, 각운은 한 마디 끝의 말이 같거나 비슷한 음운으로 이루어지도록 해서 리듬감을 만들어 내는 방식이야. 혼자서도 해볼 수 있긴 하지만 마음이 맞는 친구들 여럿이 모여서 해보면 더 재미있게 즐길 수 있어. 그리고 사람이 많을수록 기발하고 멋진 가사도 더 많이 나올걸?

랩에서 중요한 건 라임이야. 물론 스웩도 중요하지만! 라임은 같거나 비슷한 발음을 반복하는 것을 말해. 랩의 라임에는 여러 종류가 있어. 각운, 모음운, 두운, 자음운 등이 있는데, 이 중엔 아마 국어나 한문 수업 때 들어본 말도 있을 거야.

라임을 익힌다는 건 리듬감을 익힌다는 말과도 같아. 리듬감은 시에서 아주 중요한 요소이기도 하지. 일단 작품을 하나 보면서 이해해 보자. 아마 이 작품은 다들 한 번쯤 본 적이 있을 거야.

돌담에 속삭이는 햇발같이

풀 아래 웃음 짓는 샘물같이

-김영랑, <돌담에 속삭이는 햇발> 부분

두 행을 보면 비슷한 음운이 같은 위치에서 반복되어 사용되고 있다는 걸 알 수 있어. 1행의 '돌담에'와 2행의 '풀 아래'를 먼저 보자. '돌'의 'ㅗ'와 'ㄹ' 그리고 '풀'의 'ㅜ'와 'ㄹ'에서 'ㅗ'와 'ㅜ'는 둘 다 입술을 둥글게 만들어서 내는 비슷한 음운이야. 그리고 'ㄹ'은 같은 음운이지. 또 '담에'의 'ㅏ'와 'ㅔ' 그리고 '아래'의 'ㅏ'와 'ㅐ' 역시 마찬가지이지. '속삭이는'과 '웃음 짓는'에서의 '이는'과 '짓는'도 역시 앞 음절의 'ㅣ'와 뒤 음절의 '는'이 반복되고 있고 '햇발같이'와 '샘물같이'는 말하지 않아도 알겠지? 'ㅐ', 'ㄹ', '같이'가 역시 반복되고 있지. 그리고 전체적으로 보면 'ㄹ'이 많이 사용되고 있어서 부드러운 느낌도 만들어 내고 있지.

미안, 시작부터 조금 재미없어졌지? 하지만 이해해 둘 필요가 있는 부분이라 어쩔 수 없었어. 이런 식으로 같거나 비슷한 음운을 시인들은 의도적으로 배치해서 시의 리듬감을 만들어 내곤 해. 힙합의 가사인 랩도 마찬가지야.

그런데 사실 우리말은 이런 라임이 영어나 중국어에 비해 깔끔하게 만들어지기 어려운 언어야. 그래서 과거의 랩들을 보면 같은 어미의 반복 정도로만 끝나고 말았지. 예를 들면 '길을 걷다가도 너를 사랑해. / 오늘도 나는 혼잣말을 해. / 하지만 너는 나를 싫다 해.'처럼 단순히 '해'만 반복하는 식으로 말이야. 하지만 요즘 래퍼들은 놀랍게도 멋진 라임들을 많이 만들어 내고 있어. 에픽하이의 '당신의 조각들'을 들어보는 걸 추천해. 라임도 절묘하고 가사의 내용도 좋거든.

게임으로 랩 만들기

이제 우리는 '한 행의 끝에서 같은 모음이나 자음으로 된 음절 또는 어절이 반복되어 만들어지는 각운'을 중심으로 게임을 하며 랩을 만들어 볼 거야. 예시를 먼저 보자.

나는 지금 공부한다 가기 위해 서울대

하지만 뜨거운 태양 공부하기엔 더울 때

가고 싶어 바닷가로 머리칼 날리며 홀로

안 봐도 뻔해 거기서도 난 문제 푸는 솔로

– 학생 작품, <공부>

위 랩은 게임을 하면서 학생이 만든 것인데 어떤 식으로 랩이 되었는지 한번 살펴보자. 이 작품에서 일단 각운을 찾아보면 '서울대',

'더울 때', '홀로', '솔로'로 이어지는 라임이 보일 거야.

'서울대', '더울 때'의 라임이 꽤 괜찮지? 모두 각각이 'ㅓ, ㅜㄹ, ㅒ'의 음운을 포함하여 이루어져 있어. 그리고 '서울대'는 명사, '더울 때'는 관형어와 명사로 이루어져 있어서 단조로움을 피함과 동시에 세련된 라임의 묘미도 만들어 내지.

'홀로', '솔로^{Solo}'의 라임도 좋아. 모두 각각이 'ㅗㄹ, 로'의 음운을 포함하여 이루어져 있지. 그리고 '홀로'는 우리말로 '솔로'는 같은 라임을 가지는 영어로 썼지.

그리고 두운도 모두 'ㅏ'로 맞춰 준 게 보이고, 중간 부분의 '공부한다'의 'ㅏ', '태양'의 'ㅑ'로 비슷한 음운을 맞췄고 '바닷가로'의 '로', '거기서도'의 '도'도 비슷한 위치에서 모두 맞춰준 걸 볼 수 있어.

또한 '공부'라는 주제에 맞춰서 공부로 인한 스트레스와 연애도 할 수 없는 상황에 대한 슬픔이 잘 드러나고 있지. 리듬감이 잘 느껴지면서도 웃픔을 보여 주는, 상당히 잘 쓴 랩이라고 할 수 있어.

일단 랩을 쓰는 건 사실 자유시를 쓰는 것보다 쉬워. 랩은 일종의 정형시거든. 자유시는 자유롭게 쓰고 싶은 대로 쓰는 시를 말하고 정형시는 일정한 틀에 맞춰서 쓰는 시를 말해. 랩은 한 마디에 글자 수를 어느 정도 비슷하게 맞춰야 하고 운을 맞춰 줘야 한다는 점에서 정형시인 셈이지. 그러면 이런 제약이 있는데 왜 자유시보다 정형시가 쉬우냐고? 자유시는 그림으로 치면 아무것도 없는 하얀 도화지 위에 스스로 구도를 잡고 거기에 맞춰 스케치하고 채색도 해내야 하는 작업이야. 반면 정형시는 누군가 잡아준 구도 위에 그림을 그리는 거야. 도화지 우측 아래에는 원형을, 좌측에는 수직으로 직선을, 위쪽에는 수평으로 직선, 이런 식으로 구도가 다 잡혀 있고 거기에 맞춰서 그림을 그리는 것과 같지. 즉, 틀에 맞게 뭔가를 집어넣어 주기만 하면 되는 거야. 직접 해보면 무슨 얘기인지 알게 될 거야.

먼저 빈 카드를 몇 장 준비해야 해. 인터넷에 '빈 카드'라고 검색해 보면 파는 곳이 많이 나올 거야. 아니면 아무 종이나 같은 크기로 잘라서 카드를 만들어도 괜찮아.

카드가 준비됐다면 다음 예시와 같이 중심 단어 카드와 라임 단어 카드를 직접 만들 거야. 여기서 중심 단어 카드는 이후 만들 랩의 중심이 되는 소재 또는 주제를 보여 주는 카드야. 그리고 라임 단어 카드는 각운에 사용될 단어들을 보여 주는 카드야.

중심 단어 : 공부
라임 단어 : 서울대, 더울 때, 홀로, 솔로

예시의 카드들은 앞서 제시했던 학생 작품에 쓰였던 카드들이야. 게임을 하게 되면 중심 단어 카드는 중심 단어 카드끼리, 라임 단어 카드는 라임 단어 카드끼리 따로 모아서 각각의 더미를 만들어. 그런 뒤 자기 차례가 되면 중심 단어 카드 더미에서 1장을, 라임 단어 카드 더미에서 2장을 뽑고 카드에 제시된 단어들을 활용하여 랩을 만들게 될 거야.

예시의 카드에 제시된 중심 단어와 라임 단어를 바탕으로 앞의 학생 작품을 다시 한번 읽어 보며 어떤 방식으로 랩이 만들어졌는지 살펴보고 아래 카드들로 직접 랩을 만들어 보자.

중심 단어 : 좌절

라임 단어 : 학교, 종교, 궤적과, 불어 와

아래는 카드의 단어들로 만든 랩이야.

왼쪽을 바라보면 절이 아니라 좌절한 학교

오늘도 펼친 수학의 정석은 신성한 종교

그러나 떨어진 모의고사 성적이 그리는 궤적과

인 서울 앞에 엎어진 우릴 위로하는 바람 불어 와

게임 준비와 규칙

자, 어떤 식으로 랩을 만들게 될지 이해했겠지? 그러면 이제 본격적으로 게임을 준비해 보자. 먼저 카드 만들기야.

가. 카드 만들기

① 가능하면 5~6명으로 모둠을 구성한다.

② 1인당 10장의 빈 카드를 준비한다.

③ 각자 3장의 카드의 앞면에 '중심 단어'라고 적고 7장의 카드의 앞면에 '라임 단어'라고 적는다.

④ 앞선 활동의 예시를 참고하여 각자 중심 단어 카드 3장을 만든다. 중심 단어 카드는 자유롭게 단어를 적되 소재, 또는 주제가 되는 단어이므로 서로 겹치는 단어가 나오지 않도록 의논하여 만든다.

⑤ 앞선 활동의 예시를 참고하여 각자 라임 단어 카드 7장을 만든다. 라임 단어 카드는 각운을 고려하여 4개의 단어를 적어 넣는다. 이때 2개씩 서로 같은 각운이 되도록 한다. 각운은 비슷한 소리로 끝난다면 꼭 같은 소리가 아니어도 괜찮다. 그리고 꼭 하나의 단어가 아니어도 괜찮다. 예를 들어 '은혜'와 '원해', '잡은 손'과 '휴대폰'이 그렇다.

나. 게임 방법 1

① 중심 단어 카드와 라임 단어 카드를 구분하여 모은 뒤 각각의 더미를 만들고 잘 섞는다.

② 가장 최근에 랩을 한 적이 있는 사람이 먼저 시작한다.

③ 자기 차례가 되면 중심 단어 카드 1장과 라임 단어 카드 2장을 뽑는다.

④ 라임 단어 카드 둘 중 마음에 드는 것을 1장 고르고 중심 단어 카드와 짝을 맞춰서 제한 시간^{프리스타일 랩을 추구한다면 2분 정도가 좋다} 안에 랩을 만들어 종이에 적는다. 이때, 라임 단어 카드에 제시된 단어를 꼭 순서대로만 쓸 필요는 없다. 순서는 적절히 바꿔 줘도 된다. 예를 들어 '이별, 빈혈' 순서로 제시되어 있더라도 '빈혈, 이별' 순서로 해도 된다.

⑤ 자신이 만든 랩을 직접 해본다.

⑥ 랩을 한 친구를 박수로 '리스펙' 해주자. 그런 뒤 방금 랩을 한 사람의 왼쪽에 앉은 사람의 차례가 된다.

⑦ ③~⑥의 과정을 3번 반복한다.

⑧ 완성된 랩이 적힌 서로의 종이를 왼쪽으로 돌려가며 10점 만점으로 채점한다.

⑨ 가장 점수가 높은 사람이 승자이다.

만약 수업 상황이라면 각 모둠별 승자들이 앞에 나와서 직접 랩을 해보면 좋을 거야. 음악을 틀고 스웩을 보여 준다면 더 좋아. 그런 뒤 투표를 통해 가장 멋진 랩을 선정해 보자.

③, ④의 과정을 할 때, 모두가 중심 단어 카드 1장과 라임 단어 카드 2장을 뽑은 후 동시에 랩을 만드는 것도 좋아. 이 경우 시간을 절약할 수 있고, 모두가 10분 정도의 충분한 시간을 가지고 랩을 만들면 더 좋은 작품이 나올 수 있어. 그런 뒤 순서대로 돌아가면서 자기가 만든 랩을 하면 돼. 물론 랩을 직접 하는 것이 부끄럽다면 그냥 보여 주기만 해도 괜찮아.

이 방법을 혼자 해볼 수도 있어. 혼자 11장의 카드로 중심 단어 카드 3장과 라임 단어 카드 8장을 만든 후 각각 1장과 2장을 뽑아서 랩을 만들어 봐. 이를 활용하면 랩을 만들 때뿐만 아니라 다른 시를 쓸 때에도 여러 단어를 적은 카드를 뽑아 봄으로써 시상을 떠올리는 데에 도움을 받을 수 있어.

다. 게임 방법 2

① 중심 단어 카드와 라임 단어 카드를 구분하여 모은 뒤 각각의 더미를 만들고 잘 섞는다.

② 대표 한 명이 중심 단어 카드 3장과 인원의 두 배만큼의 라임 단어 카드를 뽑는다.

③ 서로 토의를 하여 중심 단어 카드 1장을 선택하고 인원 수만

큼의 라임 단어 카드를 선택한다.

④ 중심 단어 카드를 테이블 가운데에 두고 1인당 1장의 라임 단어 카드를 무작위로 받는다.

⑤ 중심 단어 카드는 모둠이 만들 랩의 주제가 된다.

⑥ 중심 단어 카드에 맞춰서 모둠 구성원은 각자 자신의 라임 단어 카드로 랩을 만든다.

⑦ 만든 랩들을 모은 뒤 의논을 통해 내용이 잘 연결되도록 수정, 보완한 뒤 이어 붙여서 하나의 랩으로 만든다. 중심 단어가 같아서 크게 무리 없이 이어 붙일 수 있다.

이런 방식으로 게임을 해볼 수 있어. 프리스타일 랩처럼 짧은 시간 안에 랩을 만들어서 해보면 더 재미있지만 랩 자체가 익숙하지 않은 경우도 많을 거야. 그럴 땐 모두가 충분한 시간을 가지고 랩을 써 보면 돼. 그렇게 해서 익숙해진 뒤에 프리스타일 랩 배틀을 하듯 해보면 그 재미가 느껴질 거야.

아직 어떻게 랩을 만드는지 이해가 잘 안 되는 사람도 있을 수 있을 거야. 그러면 여기서 학생들이 만든 랩을 몇 개 더 볼까? 참, 제시된 카드들도 모두 학생들이 만든 것들이야. 라임을 상당히 잘 맞춘 것들이 많으니 라임 단어 카드를 만들 때 참고해도 좋을 거야.

잘못된 예시를 고쳐 보기

먼저 잘못된 예시부터 볼까? 반면교사反面教師라는 말이 있지. 부정적인 면에서 얻는 깨달음을 뜻하는 말이야. 우리도 잘못된 예시를 통해 랩을 만들 때 주의할 점을 알아보자.

중심 단어 : 따뜻함

라임 단어 : 공장장, 된장, 패할 때, 선발대

너는 된장 공장의 공장장

사람들은 선호하지 간장

너는 올라섰지 간장 위에 선발대

세상은 잊지 너를 네가 패할 때

이 랩이 어디가 잘못된 것인지 보여? 맞아. 일단 중심 단어인 '따뜻함'이 내용에서 전혀 드러나지 않고 있지. 중심 단어는 곧 주제인 셈인데, 그런 주제에 맞추지 않고 랩을 만들면 엉뚱한 소리를 하는 게 되고 말아. 위 랩만 해도 도대체 무슨 말을 하려는 건지 알 수가 없지. 문제는 그것뿐만이 아니야. 위 랩은 억지로 라임 단어에 말을 끼워 맞추려고 하는 바람에 문장 자체도 이상해졌어. 두 번째 줄까지는 내용이 어느 정도 이어지고 있어. '너'는 '된장 공장 공장장'이지만 '사람들'은 '간장'을 선호한다는 내용이지. 그런데 세 번째 줄에 오면 갑자기 '너는 올라섰지 간장 위에 선발대'라고 말하고 있어. 이 말은 어떤 의미인지 이해가 가지 않고 그저 '먼저 출발한 무리'라는 뜻의 '선발대'에 어떻게든 맞춰 보려고 아무 말이나 넣었다는 느낌을 주지. '세상은 잊지 너를 네가 패할 때' 부분은 '따뜻함'과 전혀 어울리지도 않고 앞의 내용과도 역시 이어지지 않아. 오히려 랩 배틀에서 상대를 디스랩 배틀 시 상대를 깎아 내리는 것할 때 쓰면 어울릴 만한 내용이지.

그러면 이 랩을 수정해 보자. 두 번째 줄까지는 괜찮았다고 보고 세 번째 줄부터 수정해 보는 거야. 난 이렇게 고쳐 볼까 해.

너는 된장 공장의 공장장

사람들은 선호하지 간장

그러나 너는 모두에게 된장을 전달하는 선발대

된장은 구수한 위로가 되지 누군가가 패할 때

어때? 먼저의 랩보다는 '따스함'이라는 주제가 드러나고 있지? '구수한 위로'라는 말을 통해서 말이야. 그리고 선발대 부분도 '간장 위에 올라선 선발대'보다 괜찮아진 것 같아.

중심 단어 : 봄

라임 단어 : 숨고자, 눈동자, 가면을 써, 갖은 위선

미세먼지를 피해 집으로 숨고자 노력했어

꽃가루로 가려운 나의 눈동자 긁었어

두꺼운 가면을 써 미세먼지 꽃가루 저리 가

너희는 고작 우릴 괴롭히는 갖은 위선일 뿐

　이 랩은 어디가 잘못되었을까? 일단 '봄'이라는 주제는 잘 드러나고 있어. '미세먼지', '꽃가루' 같은 봄에 우리를 괴롭히는 소재들이 사용되었고 그걸 피하고 싶어 하는 내용으로 구성되어 있지. 문제는 라임이야. 라임 단어에 제시된 단어들은 각운을 형성하는 단어들이기 때문에 각 줄의 끝에 위치해야 하는데 이 랩은 그렇지 않아. 첫 번째 줄과 두 번째 줄의 '숨고자'와 '눈동자'는 마지막이 아니라 바로 그 앞에 와 있어. 물론 '했어'와 '었어'로 학생 스스로 만든 라임이 형성되어 있기는 하지만 이건 규칙에서 어긋난 것이지. 그리고 세 번째, 네 번째 줄은 '가면을 써'와 '갖은 위선'이라는 말이 전혀 엉뚱한 곳에 가있어. 마지막의 '저리 가'와 '위선일 뿐'은 라임도 전혀 맞지 않지. 따라서 이 학생은 라임에 대한 고려 없이 그냥 넣고 싶은 곳에 라임 단어를 집어넣어서 랩을 만들었다는 걸 알 수 있어. 물론 제시된 라임

단어 자체가 운을 맞춘 것이기 때문에 저렇게 써 놓더라도 랩을 어떻게 읽느냐에 따라 라임이 맞춰질 수 있기도 해. 그러나 말 그대로 리듬에 대한 고려 없이 쓴 것이기 때문에 이럴 경우 제대로 리듬에 대해 익히기는 어려울 거야. 우리는 리듬에 대해 익히기 위해 이 게임을 한다는 걸 다시 생각해 볼 필요가 있어.

중심 단어 : 공부

라임 단어 : 만점, 판문점, 빛내는, 광낸 은^{빛이 나도록 잘 닦은 은}

공부 잘하는 내 성적은 항상 만점

그런 내가 공부한 곳 바로 판문점

덕분에 자꾸 빠져 내 머리는 빛내는

대머리 아저씨 머리 위의 광낸 은

이 랩은 얼핏 보기에는 이상이 없어 보이지? '공부'라는 중심 단어에 맞춰서 '공부를 잘한다' '공부를 열심히 해서 머리가 빠진다'는 내용으로 되어 있으니 주제 측면에서는 괜찮아. 라임도 규칙에 맞게 잘 배치했어. 여기서 문제는 말이 되느냐 하는 거야. 두 번째 줄을 보면 공부한 곳이 '판문점'이라고 하고 있는데, 물론 '판문점'을 비유로 썼다면 충분히 가능한 부분이야. 그러나 이 랩에서 판문점이 비유로 보일 만한 다른 근거가 보이지 않기 때문에 내용이 엉뚱해져 버리게 되지. 정말로 '판문점'에서 공부를 할 수 있을까? 아니지. 따라서 이것도 억지로 맞춰 넣기 식으로 들어간 말이 되고 말아.

하지만 세 번째, 네 번째 줄은 좋아. 공부 때문에 머리가 빠져서 내 머리는 빛을 내기 시작하는데, 거기에 더한 것이 기다리고 있지. '대머리 아저씨 머리 위의 광낸 은'을 머릿속에 떠올려 봐. 빛나는 머리 위에 빛나는 걸 또 올려놓은 것이니 엄청 눈부시겠지? 그 정도로 공부로 인한 스트레스를 받고 있다는 걸 보여 주고 있어.

좋은 발상과 표현이 담긴 예시

이번에는 잘된 예시를 보면서 어떻게 하면 랩을 잘 쓸 수 있을지 생각해 보기로 해.

중심 단어 : 술래잡기
라임 단어 : 두 다리, 또 가리, 그림자, 쓰리다

거울 너머 저기 멀리 보이는 네 두 다리
걱정 말아 금방 잡아줄게 널 찾아 또 가리

나 왔지만 흔적조차 보이지 않는 네 그림자

나머지는 다 잡혔네 너는 원One 우린 쓰리Three 다

기발한 발상 덕분에 읽다가 무릎을 탁 쳤던 랩이야. 앞부분은 사실 평범해. 주제도 잘 드러나고 라임도 문제없지. 하지만 마지막 줄의 '쓰리다'는 정말 기발했어. 이 친구가 랩을 잘 이해하고 있다는 것을 알 수 있었지. 원래 제시된 '쓰리다'는 쑤시는 듯이 아프다는 의미였어. 그런데 이 친구는 소리가 같은 영어의 'Three'를 가지고 와서 술래잡기의 상황과 절묘하게 맞춰 놓았어. 이런 건 정말 기발하다고 칭찬해 주고 싶어.

중심 단어 : 외모

라임 단어 : 어둠이, 더듬이, 거울에, 빙그레

이별과 함께 찾아왔어 쓸쓸한 이 어둠이

너를 자꾸 찾아 헤매는 내 맘속의 더듬이

오늘도 어김없이 한숨 쉬어 차디찬 내 거울에

못생겨 좌절한 난 그래도 애써 웃어 빙그레

이 랩은 주제와 내용이 잘 연결된 점이 좋았어. '외모'에 대해 이

야기하기 위해 연인과의 '이별'을 끌고 왔지. 그 이유는 못생겼기 때문일 거라고 짐작할 수 있지. 그리고 마지막엔 애써 웃는 모습을 보임으로써 이를 극복하겠다는 긍정적인 마음을 보여 주고 있어. 무엇보다 좋았던 부분은 '내 맘속의 더듬이'야. 사실 '더듬이'를 어떻게 쓸지 나였어도 굉장히 고민했을 것 같아. 그런데 이 친구는 '어두운 내 마음속에서 너를 찾는 더듬이'로 표현했어. 좋은 발상과 표현이지.

함께 만드는 랩

이번에는 학생들이 함께 만든 협동 작품을 소개할게.

중심 단어 : 부모님

라임 단어 1 : 뚜벅이, 젖먹이, 두 발이, 밥알이

라임 단어 2 : 맛보고, 장 보고, 감사, 검사

라임 단어 3 : 우연히, 맞서니, 영원히, 뉴저지

세 살 때는 나도 천사같이 귀여웠던 젖먹이

네 살까지도 나는 천국같이 행복했던 뚜벅이

나 때문에 바닥에서 떨어진 적 없지 부모님 두 발이

항상 보이지만 감사하단 말도 없이 들어가지 밥알이

엄만 국을 끓이고 밥과 반찬을 만들어서 맛보고

냉장고가 텅텅 비었다면 마트에 가서 장 보고

오늘도 학원에 보내 주는 것에 대해 하라지 감사

근데 아들 답답한 마음은 왜 안 한다지 검사

엄마에게 강한 반항을 하고 떠났지 집을 우연히

하지만 냉정한 세계와 현실을 처음으로 맞서니

학교 가는 날 바라보던 엄마 얼굴 떠오르겠지 영원히

따뜻한 엄마 미소 생각나 슬퍼져도 나는 가지 뉴저지

협동으로 랩을 만드는 건 재미있는 결과물이 나올 수는 있지만 사실 어려운 일이야. 학생들이 쓴 걸 보다가 웃음이 터진 것들도 한둘이 아니긴 했어. 대부분이 앞뒤 내용이 맞지 않은 경우였는데, 그런데도 하나의 주제로 묶인 것이라 그런지 묘하게 어딘가 연결되어 있어서였지. 이런 일이 생긴 건 제대로 앞뒤 관계를 생각하지 않고 연결했기 때문이야.

반면에 이 랩은 하나의 이야기로 괜찮게 만들어 냈어. 간단히 살펴보면 태어나서부터 행복하게 키워주신 어머니께 감사하지만 표현하지 못한 아들이 있는데, 아들은 크다 보니 자기 마음은 몰라주고 학원만 보내는 어머니께 반항심이 생기지. 그래서 무작정 집을 떠났다가 현실의 벽을 마주하게 되지만 어머니는 기억 한 켠에 두고 멀리 뉴저지로 떠난다는 내용이지.

이 랩은 처음 네 줄은 1번 학생이, 다음 네 줄은 2번 학생, 마지막 네 줄은 3번 학생이 나누어 썼어. 각각을 떼어 놓고 보면 부모님이라는 같은 중심 단어로 쓴 것임에도 내용이 상이하다는 게 보일 거야. 하지만 이것들을 연결고리가 될 만한 부분을 찾고 잘 연결해서 하나의 랩을 만들어 낸 셈이지. 예를 들어 1번 학생의 마지막 부분과 2번 학생의 시작 부분은 먹는 것으로 연결되고 있지. 2번 학생의 마지막 부분과 3번 학생의 시작 부분은 반항심으로 연결이 되고 말이야.

힙합 가사를 직접 써보면 아마 놀라운 경험을 하게 될 거야. 앞서 말했듯 혼자 해봐도 돼. 1장의 중심 단어 카드에 대해 4~5장의 라임 단어 카드로 랩을 만들어서 이어 붙이면 꽤 괜찮은 랩이 완성될 수도 있어.

오늘도 끄적거리며 놀자 🎲🎲
라임 단어에 맞게 134쪽의 잘못된 예시를 고쳐 써보거나 다시 써보자.

좋아하는 게임으로
시 쓰기

뭔가를 할 때 우리는 자기가 관심이 있는 것이라면 신나게 할 수 있지. 관심이 있는 것에 대해서는 온종일 떠들 수도 있지 않아? 그 대상은 아이돌일 수도 있고 스포츠일 수도 있을 거야. 그렇다면 그 좋아하는 것으로 시를 써보면 어떨까?

좋아하는 게임을 활용하면 무엇이 좋을까?

사람마다 좋아하는 것이 다르지만, 우리가 이제 이야기해 볼 것은 모바일 게임이나 PC 게임처럼 전자기기를 활용한 게임이야. 근데 게임이라고 하면 부모님들은 대개 고개를 절레절레 흔드시지? 아마도 아이들이 게임에 과몰입하기 때문이겠지. 그러나 게임의 장점은 분명히 있어.

먼저 게임에는 멋진 이야기가 있는 경우가 많아. 소설이나 영화 못지않은 이야기가 있는 게임이 많다는 거지. 몇 가지 예를 들어, 이제는 고전의 반열에 올라간 '스타크래프트'만 해도 우주를 배경으로 서사시 같은 이야기가 펼쳐지거든. 게임을 진행해 보면 세 종족이 전쟁을 하면서 끊임없는 동맹과 배반 그리고 아군의 충격적인 타락까지, 영원한 적도 아군도 없는 전쟁의 진면목을 보여 줘. 그러면서 이야기는 생명의 기원까지 거슬러 올라가기도 해.

많은 친구가 좋아하는 '리그 오브 레전드' 역시 챔피언마다 이야기가 있어. 단순히 게임을 하는 것 외에 그 이야기들을 살펴보는 재미도 있지.

또 10대 친구들은 잘 모르는 게임이겠지만 '플레인스케이프 : 토먼트' 같은 게임은 삶과 죽음, 자아에 대해 깊이 생각해 보게 해. 철학적인 내용을 담고 있다고 평가되는 이 게임에 대해 미국의 대표적인 일간지 〈뉴욕타임스〉는 '좋은 책과 같은 지적 무게감이나 감정적 충격을 독자에게 줄 수 있는 컴퓨터 게임이 있다면, 그 첫 번째 후보가 바로 이 게임이다'라고 평했어.

그리고 게임은 상상력의 집합체이기도 해. 상상 속에서나 가능한 것들을 캐릭터 또는 아바타를 통해 경험해 볼 수 있거든. 게임 속에서 우리는 현실에는 없는 신비한 유적을 탐험하거나 우주선을 조종해 볼 수 있지. 흉악한 괴물과 싸우며 강력한 검을 휘두르거나 마법을 사용해 볼 수도 있어. 너무나 많은 경우가 있으니 간단히 이 정도로만 해둘게. 문제는 단순히 게임을 즐기고 마느냐 아니면 그 상상력을 내 것으로 만드느냐 하는 거야.

　물론 이런 게임들이 보여 주는 이야기나 상상력들은 그것들을 만든 사람들의 창의성이야. 하지만 기존의 것을 잘 비틀어 주는 것도 창의성이 된다는 건 앞에서 이야기했었기 때문에 잘 알 거야. 이제는 게임이 가지고 있는 것들을 빌려서 우리 것으로 만들어 보도록 하자.

게임에서 얻는 통찰력

　먼저 게임의 상황들을 잡아서 서술해 보자. 이것만으로도 충분해. 게임 속 캐릭터는 어쩌면 현실보다 훨씬 비극적인 삶을 살고 있으니까 말이야. 게임은 대개 상대를 죽이는 것이 많아. 그리고 내 캐릭터가 죽었다가 부활하기도 하지. 우리는 별 생각 없이 그 게임을 즐기지만 사실 생각할 거리가 많아.

　먼저 삶과 죽음의 문제를 생각해 볼 수 있지. 많은 게임에서 캐릭터는 죽고 부활해. 특히 로그라이크류 게임에서의 캐릭터는 끊임없이 죽고 살아나서 더 강한 적들에게 도전하게 돼. 거의 죽는 게 일상인 게임이지.

　그러면 좀 더 현실적으로 캐릭터의 입장에서 한번 생각해 보자. 죽지 않는 존재의 삶은 어떤 것일까? 죽을 때의 그 고통이 몇 번이고 반복되는 삶을 계속 이어가고 싶을까? 결국, 죽음에 대해 무감각해지는 삶은 어떤 것일까? 우리는 '게임이기 때문에' 그 삶과 죽음의 문제를 가볍게 여기고 넘어가지만 사실 그 캐릭터가 정말 현실의 인물이라면 아주 심각한 고민을 해볼 만한 문제이지.

다음으로 캐릭터의 입장에서 생각해 보면 엉뚱한 발상이 나올 수 있어. 게임은 아니지만 마블 히어로 중에 '데드풀'이 있지? 데드풀은 자신이 만화 속의 캐릭터라는 것을 알아. 그로 인해 독자가 미처 생각지 못한 기발하고 유쾌한 상황들이 연출되기도 하지. 영화 〈매트릭스〉의 발상도 어찌 보면 이 데드풀과 비슷하지. 자신의 삶이라고 생각했던 것이 현실이 아니라 기계가 만든 가상의 공간에서의 삶이라는 것을 보여 주잖아. 그야말로 디스토피아적인 세계의 삶을 보여 주지.

두 작품은 비슷한 발상에서 출발하지만, 내용은 전혀 다르게 전개가 되지. 그 발상을 대하는 무게감도 다르고 말이야. 물론 이 작품들은 만화나 영화이기는 하지만 발상 부분에 대해 생각해 보자는 거야. 이 상상력을 빌려서 내가 좋아하는 게임 속의 캐릭터가 자신이 게임 속에 있다는 걸 안다면 어떻게 할지 생각해 볼 수 있을 거야.

그리고 캐릭터에게 사냥을 당하는 몬스터의 입장에서 생각해 보면 또 어떨까? 몬스터는 게임 속에서 사냥의 대상일 뿐이어서 그 공략 방법에만 신경 쓰지 아무도 몬스터의 삶에 대해서는 관심을 가지지 않아. 하지만 가만히 생각해 보면 몬스터도 누군가의 아들이거나 딸 또는 아버지이거나 어머니일 수도 있지 않을까? 그들은 동굴 속에서 나름의 사회를 형성해서 잘 살아가고 있었는데 그 동굴 안의 보물에 눈이 먼 캐릭터들이 그들의 평화를 망치고 있는 것은 아니었을까? 그렇게 그들의 입장으로 본다면 캐릭터들은 하나의 커다란 재앙이고 악마들이겠지.

스포츠 게임에서는 또 어떨까? 축구 게임을 예로 들면 우리는 구단주가 되거나 감독이 되어 선수들을 기용하고 경기를 진행하지. 그 선수들은 모두 '수치화'되어 있어. 슈팅, 패스, 달리기 등등의 능력치가 있고 그 수치만큼의 능력들을 발휘하지. 나에게 더 좋은 능력치를 가진 선수가 생긴다면? 가차 없이 선수를 교체하지. 쓸모없어진 선수는 그냥 버리는 거야. 사실 현실도 마찬가지이지. 기량이 떨어진 선수는 '몸값'도 떨어지는 것을 우리는 많이 봐왔잖아. 이런 게임은 우리가 직접 경험해 보지 못한 '리더'의 삶을 경험해 보게 해. 그리고 사람이 그 능력에 따라 '돈'으로 거래되는 비정한 현실을 잘 보여 주기도 하지. 그저 수치를 바탕으로 '필요 없는 선수는 버린다. 돈이 되지 않기 때문이다' 같은 생각을 우리도 하고 있지 않을까?

이 외에도 여러 가지 생각해 볼 것들이 있겠지만 중요한 건 이런 점들을 포착할 줄 아는 것이야. 단순히 게임을 즐기기만 하면서 놓쳤던 부분들에 대해서 조금 더 관심을 가지고 바라보면 생각이 더 깊어지고 남들과 다른 통찰력을 가질 수 있을 거야. 물론 공감 능력 역시 생기겠지.

게임을 소재로 한 시들

기성 시 중에도 게임을 소재로 해서 쓴 시들이 있어. 시인들은 게임으로 어떻게 시를 썼는지 한번 볼까?

사망 후 데스캠으로 본다. 날 죽인 사람의 시점으로 죽기 직전의 나를 보는 건 유익하다. 나는 무너진 건물 창턱에 앉아 있었구나. 그것도 도망이라고. 왜 죽였는지 묻지 말고 어떻게 죽였는지만 배우면 된다. 저렇게 먼데 죽였다고? (중략) 핵쟁이의 짓인가.

– 문보영, <배틀그라운드 – 사후세계에서 놀기> 부분

문보영 시인은 '배틀그라운드'라는 게임만으로 시들을 쓴 뒤 이를 엮어서 시집을 냈어. '배틀그라운드'는 FPS 장르의 게임으로 간단히 말하면 총 쏘기 게임이야. 한정된 공간 안에서 상대를 쏴 죽이고 최후의 승자가 되는 것이 목표인 게임이지. 난 이 시집을 접하고 적잖은 충격을 느꼈어. 나도 게임을 다룬 연작시를 써봐야겠다는 생각

은 해봤지만 이렇게 시집 한 권으로 묶을 만큼의 시를 쓸 생각은 못했
거든. 그리고 이 시집 안의 시들은 게임의 상황들을 바탕으로 삶과 죽
음, 존재 또는 감정 등에 대해 잘 풀어내고 있어.

　다시 돌아가서 시를 한번 보자. '사망 후 데스캠으로 본다'라고
하고 있어. 게임에서 죽으면 다른 사람의 시점으로 게임 진행 상황을
볼 수 있거든. 현실과는 다른 게임의 특징이지. 그렇게 바라보는 것은
영혼의 눈일까 아니면 시스템이 만들어 낸 눈일까? 심지어 그렇게 보
는 것은 '유익하다'라고 말하고 있어. 게임을 해본 사람은 알겠지만
내 캐릭터가 어떻게 죽게 되었는지 알 수 있으니 다음번엔 조심할 수
있게 되겠지. 그리고 죽어있는 동안 심심하지도 않고 말이야. 맙소사
적고 보니 끔찍한 말인데? 죽어있는 동안 심심하지 않다니. 어쨌든
이 시에서도 말하고 있지. '왜 죽였는지 묻지 말고 어떻게 죽였는지만
배우면 된다.' 게임 속의 죽음에 이유는 필요 없어. 어떻게 내가 죽었
는지 알고 다음을 대비하면 될 뿐. 그리고 '핵쟁이'라는 말이 나오지.
게임 속에서는 '핵'이라 불리는 것들이 존재하지. 일종의 게임에 대한
'해킹'이라고 보면 돼. 게임상의 능력치나 수치를 조작해서 자신에게
유리하게 만드는 프로그램이야. 현실에도 그런 사기꾼들이 있지만
게임은 이런 프로그램을 통해 좀 더 손쉽게 사기를 칠 수 있지. 게임
속의 범죄인 셈이야.

　이 시는 몇 마디 말들과 게임 속의 상황을 통해 삶과 죽음에 대해

생각하게 하고 있어. 게임을 해본 사람들이 익히 알만한 그런 상황이지만 미처 생각해 보려 하지도 않았던 부분을 지적하고 있는 거지. 게임 속 캐릭터의 삶이 얼마나 비참한 것인지 직접 말하지는 않지만 곰곰 생각해 보면 제시된 상황들만으로도 충분히 이해할 수 있어.

이번엔 다른 시도 한번 보자.

지워지지 않는 지도 위에 저장해 놓을게

네가 잃어버린 것들을 줍줍줍, 주우며 뒤따라갈게

언젠가는 네가 나를 부활시켜줄 때가 올 거야

내가 크리 맞을 때 내가 죽어가고 있을 때

네가 나를 맨 처음 발견해줄 친구였으면

-김승일, <놀이터에 모인 아이들 – 파티 플레이 혈맹원 모집> 부분

김승일 시인이 경기신문에 발표한 시야. 김승일 시인은 줄곧 시에서 폭력과 관련된 문제를 다루어 오고 있고, 학교폭력을 없애기 위해 힘쓰고 있는 시인이야. 여기서는 앞부분 내용을 생략했는데, 생략된 부분에는 폭력과 관련된 내용이 나오고 있어.

이 시는 MMORPG 게임을 떠올리게 하지. MMORPG는 많은 인원의 플레이어가 동시에 온라인에 접속하여 롤플레잉을 즐기는 게임

이야. 대개 판타지 세계를 배경으로 하는 것들이 많지. 유명한 게임으로는 '리니지', '월드 오브 워크래프트' 같은 것들이 있어. 이런 게임들은 그저 한 명의 모험가에 지나지 않았던 캐릭터가 게임 세계 속의 여러 퀘스트를 해결해 나가면서 이야기를 진행하다가 결국 영웅이 된다는 식의 구성이 많아.

이런 게임에서 아이템을 얻기 위한 '몬스터 사냥'은 필수적으로 존재하지. 이 시가 게임에서 끌어온 장면이 바로 그것이야. '줍줍줍, 주우며 뒤따라갈게'는 게임에서 아이템을 주울 때 '줍줍'이라고 표현하는 것을 가지고 왔지. 그리고 역시 게임에서의 삶과 죽음의 문제인데, '부활시켜줄 때가 올 거야', '내가 크리 맞을 때 내가 죽어가고 있을 때'와 같은 부분에서 그 문제가 드러나고 있어. '크리'는 게임에서 '크리티컬 데미지'를 줄여서 표현하는 것인데 '치명상'이라는 뜻이야. 이 부분에서는 치명상을 입고 죽어가는 캐릭터의 모습을 보여 주고 있지. 일반적으로 게임에서 이런 상황이 생기면 대개는 욕을 하거나 다시 부활하러 가거나 기다려야 하는 상황에 짜증을 내지. 하지만 이 시에서는 좀 더 따뜻한 시선이 느껴져. '네가 나를 맨 처음 발견해 줄 친구였으면'을 보면 캐릭터의 죽음을 게임으로만 바라보는 것이 아니라 현실처럼 바라보고 있다는 걸 알 수 있어. 이 캐릭터를 감정이 있고, 친구가 있는 현실의 인간처럼 생각한다는 것이지. 우리가 게임을 하면서 놓치고 있는 부분이야.

게임을 활용해 시 쓰기

그러면 게임을 활용해서 어떻게 시를 써야 할지 감이 좀 올 거야. 이 부분에서 내가 이야기하고 싶은 것은 시를 쓸 때 깊이 있게 대상을 바라볼 줄 알아야 한다는 거야. 우리가 게임을 하면서 놓치고 있던 부분들을 잡아내고 그 안을 현실처럼 생각해 봤으면 해. 게임은 앞서 말했듯 우리가 현실에서 경험하지 못한 것들을 경험해 볼 수 있게 해. 게임 속의 캐릭터로 행위를 하고 있지만 사실 그 행위를 하는 주체는 게임을 하는 자신이잖아. 그런 게임 속에서 발견하게 되는 것 중 가장 큰 것은 아마도 '삶과 죽음' 그리고 '감정'의 문제일 거야. 좀 더 넓게 바라본다면 '현실과 가상세계'에 대한 문제도 있겠지. 이제 자기가 좋아하는 게임에 대해 다시 한번 생각해 볼 시간이야. 그 게임에서 무엇을 놓치고 있었는지 돌아봐 봐. 그리고 그것에 대해 써보는 거야.

학생들이 쓴 작품들을 한번 보자.

마지막까지

내 안의 힘을 모두 쥐어 짜내

그를 쏜다

딱히 이유 없이

오직 끝까지 살아남겠다는 마음으로

저놈을 죽이겠다는 생각으로

그에게 총을 난사한다

   – 학생 작품, <서바이벌>

    이 시는 앞서 살펴본 문보영 시인의 작품과 같은 '배틀그라운드'라는 게임이 소재야. 이 시를 쓴 학생은 '게임 속에서 생사에 대해 너무 가볍게 생각하고 사람들끼리 죽고 죽이는 것에 대한 반성'에 대해 쓰고자 했다고 밝혔어. '이유 없이' 적을 쏘는 부분에서 이런 생각을 드러내려 노력한 것이 보여. 그런데 이 시를 좋은 시라고 하기 어려운 이유는 뭘까? 구체성과 깊이 있는 생각이 잘 드러나지 않았기 때문이야.

    우리가 '좋아하는 게임'으로 시를 쓴 데에는 이유가 있었지. 바로 그것에 대해 제일 잘 알기 때문이야. 게임 속에는 다양한 상황이 있었을 거야. 문보영 시인이 '데스캠'이라는 부분을 시 속에서 잘 살려낸 것처럼 말이야. 그러나 이 시에는 그런 부분이 없지. 누구나 한 번만 해봐도 알 수 있을 만한 상황이 그려져 있을 뿐. 조금 더 게임 속의 구체적인 상황을 살려 냈다면 좋지 않았을까 생각해. 예를 들어 단순히 '이유 없이', '살아남겠다는 마음'에서 끝내는 것이 아니라, 적을 하나씩 처치해 나가는 과정에서 '무엇이 나를 살인 병기로 만들고 있는가'에 대해 고민하는 인물의 모습을 그렸다면 어땠을까?

그리고 문보영 시인이 죽은 후 자신을 보는 것이 '유익하다'라고 했던 것처럼 이 시에서도 미처 생각하지 못했던 기발한 발상이나 표현이 있었다면 더 좋았을 것 같아. 그런 것들은 독자의 시선을 끌고 시를 쓴 사람이 전달하고자 하는 바에 대해 독자가 생각해 보도록 유도하니까 말이야. '딱히 이유 없이'를 '내가 이 세계에 처음 태어났을 때 / 완벽한 성인의 모습이었던 것처럼'으로 써봤으면 어땠을까 하는 생각이 들었어.

100명 중, 적어도 10인 안에 들어야 한다
그 중에서 다시 1등을 해야 이기는 게임

여러 무기들이 주어진다
나는 그것들을 활용해 살아남았다

배틀그라운드
죽은 99인의 플레이어들은 죽고
죽여 1등인 된 플레이어의 시점에서
세상을 볼 수 있게 되었고 나는
손에 쥔 무기를 바라본다

핵, 가장 악랄한 새끼들

경쟁이라는 공평한 과제를 흐리는 인간 말단의 종속들

결국 99인은 1인의 자리를 그들에게 바치곤 했다

존버, 가장 치졸한 베짱이들

불법 아닌 편법으로 1위에 오르는 나쁜 놈들

열심히 싸우는 개미들은 그들에게 밟히고 빼앗긴다

지금 나는 책상 앞에 앉아 있다

어두운 방안, 밝은 스탠드 불빛

펼쳐진 책, 유출된 답안지

노력은 배반하지 않는다는 모순

데칼코마니 속을 살고 있다

- 학생 작품, <데칼코마니>

이 시의 소재가 된 게임도 역시 '배틀그라운드'야. 이 게임으로 시를 쓴 학생이 많은 걸 보면서 상당히 인기가 많은 게임이라는 걸 알 수 있었어. 이 책이 나올 때쯤엔 또 어떤 게임이 인기가 있을지 모르지만 말이야.

이 시는 꽤 잘 쓴 작품이야. 앞부분에서는 100명이라는 상징적인 숫자 속에서 1등이 된 '나'의 모습을 보여 주면서 어떻게 '나'가 마지막 살아남은 1인이 되었을지 궁금증을 유발하지. '여러 무기들이 주어진다 / 나는 그것들을 활용해 살아남았다'라고 말하고 있지만 그게 마지막 1인의 비결이었을까? 단순히 게임 속에서 주어진 무기들만 잘 활용해서는 그렇게 되기는 어려울 거야. 왜냐하면 이어지는 부분에서는 '핵'을 쓰는 유저에 대한 비난이 나오고 있기 때문이지. 이 시의 '나'는 순수한 실력만으로 그런 유저들마저 밟고 최고의 자리에 올라섰다는 것을 자랑하는 것일까?

답은 그다음에 나오고 있어. '책상' 앞에 앉아 공부하는 '나'의 모습을 보여 주고 있는데, 이상한 것이 하나 있지. '유출된 답안지'가 바로 그것이야. 왜 이것이 '나'의 책상 앞에 있는가? 독자는 어딘가 잘못되어 있다고 느끼지. 그리고 등장하는 단어, 바로 '데칼코마니'. 여기서 퍼즐은 맞춰지면서 독자는 뒤통수를 한 대 맞은 듯한 기분이 되지. 게임 속에서 '나'의 무기는 적을 살상하는 총이 아니었던 거야. 앞서 비난한 '핵'과 '존버'가 바로 '나'의 무기였고 '나'는 이것들을 활용하여 마지막 1인이 될 수 있었던 거야.

말 그대로 '데칼코마니'였던 거지. 현실과 게임 모두에서 '나'라는 존재는 비겁한 행위를 사용해서 최정상에 올라서는 사람이었던 거야. '핵'과 '존버'에 대해 욕하는 것을 볼 때, '나'는 자신의 행위가 비겁하다는 것을 잘 알고 있어. 그런데도 그런 행위를 하는 '나'라는 인물을 이 시를 쓴 학생이 만든 이유는 무엇일까? 바로 그런 세태를 비판하기 위해서이지. 얼마 전, 우리 사회에서도 그런 일이 있었잖아. 이 시점에서 '노력은 배반하지 않는다는 모순'이라는, 다른 시에서 썼다면 상투적인 표현에 머물렀을 이 말이 오히려 강한 울림을 가지게 되지. 게임과 현실이 서로 데칼코마니라는 상황 설정, 비겁한 인물에 대한 설정, 궁금증을 유발하는 구도가 모두 잘 어우러졌기 때문에 가능한 일이었을 거야. 이 시가 게임의 구체성을 살리면서도 깊이 있는 생각을 통해 게임에 접근했다는 것을 아마 다들 느꼈으리라 생각해.

꽉 막힌 구슬 속에 갇혀 있다
나온다 화려하게
다시 세상으로

물들어 있었다
그때마다 세상은
온통 붉은색

물감을 뿜어내며
찢긴 살갗에서

싸운다

끝이 없다

이어진다

전투 뒤에는

또 다른 전투

멈출 수 없다

나는 안다 약해지면

무한한 시간 속에

버려질 것

도망칠 수 없다

싸운다

맹목적으로

– 학생 작품, <주머니 속의 투견들>

　　이 시는 '포켓몬스터'를 소재로 쓴 작품이야. 학생은 '원래의 만화와는 다르게 트레이너한테 붙잡혀서 게임 속에서 원하지도 않는 싸움을 계속하는 불쌍한 몬스터들의 고통에 대해 생각했다'라고 했어. 그래서인지 이 시의 어딘가 이상한 어순이 눈에 띄지. 아마도 포켓몬스터의 입장에서 말을 하는 것이기 때문에 일반적인 어순으로 쓴 것이 아니라 의도적으로 이를 흩뜨려서 쓴 것일 거야. 그리고 제목인 '주머니 속의 투견들'과 시 속의 '구슬 속에 갇혀 있다'라는 부분을 통해서도 '포켓몬스터'를 떠올려 볼 수 있지.

이 시는 괜찮은 작품이라고 할 수 있어. '포켓몬스터' 만화를 보면 포켓몬스터와 그 트레이너는 일종의 유대감을 가지고 있잖아. 내 기억에 이 만화는 서로를 믿고 의지하면서 강한 적들을 하나씩 처치하고 성장해 나가는 드라마가 있었어. 그러나 게임으로 만들어지면서 그런 유대감은 사라지고 오로지 더 강한 포켓몬스터를 찾고 약한 포켓몬스터는 버리는 방식이 되었지. 바로 이 점에 학생은 주목했던 것 같아. 원래의 드라마는 사라진 채 오로지 수집과 전투의 재미만을 추구하는 게임에 대한 비판 말이야.

다만 크게 '포켓몬스터'만의 특징이 보이지 않는 것은 아쉬워. '게임'이라는 소재를 떠나서 시적 상황만으로 보편성을 획득하기 위해 시에서 '포켓몬스터'라는 정보를 숨겼겠지만, 오히려 부제를 통해 '포켓몬스터'를 드러내 주는 쪽이 더 좋았을 거라는 생각이 들어. '투견들 – 포켓몬스터' 이런 식으로 말이야. 왜냐하면 '맹목적으로' 전투를 반복하는 다른 게임도 많기 때문이야. 이 시는 포켓몬스터의 입장에서 이야기함으로써 '버려지지 않기 위해 전투를 이어가는 존재'의 슬픔에 대해 드러냈다는 것은 좋지만, 포켓몬스터만이 가지는 특징이나 구체성은 크게 드러나지 않았다는 아쉬움이 있어.

지금까지 게임을 통해 얻을 수 있는 상상력과 생각해 볼 것들로 시를 쓰는 것에 대해 이야기했어. 꼭 게임이 아니더라도 좋아하는 것으로 시를 쓴다는 것은 시를 쓸 때 꽤 좋은 조건이 될 수 있어. '잘 아는 것'이기 때문이지. 그리고 그것이 게임이라면, 그 안에 있는 많은 상상력을 빌려올 수 있어. 또한 사람들이 알지 못한 채 지나치는 것들이 많기 때문에 기발한 발상의 시를 쓸 수 있다는 이점이 있어.

그러면 이제 자기가 좋아하는 것의 특징을 잘 살려서 시를 써보도록 하자. 이 부분의 내용을 자기가 좋아하는 것에 대해 응용해서 해 보면 될 거야. 어떤 것에 대해 쓰든 중요한 건 그 대상에 대한 깊이 있는 생각을 해봐야 한다는 것, 그리고 그것을 바탕으로 남들과 다른 개성적인 발상이 있는 시를 써야 한다는 것이 되겠지.

수수께끼를 내듯 시 쓰기

살아가면서 수많은 수수께끼를 만나 왔을 거야. 난센스 문제부터 추리소설이나 드라마 속의 수수께끼까지. 내가 어릴 적 들었던 수수께끼 중엔 이런 게 있었어. '앞에 두 갈래 길이 나 있는데 오른쪽엔 곰이, 왼쪽엔 호랑이가 있어. 어느 쪽으로 가면 살 수 있을까?' 답은 '곰'이었지. '곰'을 거꾸로 하면 '문'이 되니까. 지금 보면 어처구니가 없지만, 아직도 난 이 수수께끼가 참 마음에 들어. 그만큼 어릴 적 신선하게 다가왔던 수수께끼였거든.

어쨌든 수수께끼는 언제나 재미있어. '이건 뭘까?'라고 질문하는 순간 듣는 사람은 그 문제의 답을 찾기 위해 생각하게 되거든. 누구도 아닌 '나의 질문'에 대해서 말이야. 바로 내가 하는 말에 집중하는 거지. 이게 수수께끼가 가진 힘이야. 이번엔 이 수수께끼를 활용해 시를 한번 써볼까?

수수께끼를 활용해 시 쓰기

수수께끼의 원리는 간단해. '질문하고 답을 찾는다. 그리고 그 답은 질문과 관계가 전혀 없는 것이 되어서는 안 된다.' 사실 시 역시 이런 수수께끼이지. 조금 과장해서 말하자면 '고급 수수께끼'인 셈이야. 비유나 상징 속에 그 답을 숨겨 두고서 독자가 찾게 하는 거지. 그 답에 이르는 과정은 시 속에 제시되는 다른 시어들이나 상황이 이끌어 주는 것이고. 이런 비유나 상징을 활용한 수수께끼는 추리소설 속에도 많이 나오니 아마 접해 본 적이 있을 거야.

이 수수께끼를 일상으로 녹여 보자. 이 책을 읽는 친구 중엔 아마 SNS를 사용하고 있는 사람이 많을 거야. SNS에는 보통 사진과 함께 자신에게 일어난 일들이나 현재 자신의 상황을 올리는 경우가 많지. 이제 SNS에 그날 있었던 일들에 대한 일기를 써보도록 하자. 시의 표현 방법을 빌려서 말이야.

내 경우 예전에 SNS를 할 때는 이런 식으로 일기를 쓰곤 했어. 즉 '보여 주는 일기'를 쓰는 거지. 여기에 대해서는 1장에서도 이야기를 간단히 하기는 했지만 내 생각이나 느낌을 다 드러내는 게 아니라 비유나 상징으로 그것을 숨기며 보여 주는 방식으로 하면 돼. 비유나 상징이 어렵게 느껴진다면 상상목록을 썼을 때처럼 일기에 등장하는 '나'나 '인물'을 '깡통'이나 '바람' 같은 다른 대상으로 바꾸는 것만 해

봐도 돼. 일주일에 두세 번이라도 꾸준히 이런 식으로 써나가면 시적 표현 방법을 자연스럽게 체득하게 될 거야. 예시를 한번 보자.

20XX년 3월 2일 날씨 맑음

오늘은 중학교 입학식 날이다. 아침부터 이상하게 눈이 일찍 떠졌다. 그리고 마음은 어딘가 무겁고 불안했다. 하지만 옷장을 열고 교복을 보니 가슴이 두근거렸다. 처음 입는 교복, 또 새로운 친구들을 만나게 될 생각에 무거운 마음은 설렘으로 바뀌었다.

새 학교, 새 교실에 들어와 보니 반은 아는 친구들이고 반은 모르는 친구들이었다. 서로들 어색해서인지 조용히 자기 자리에만 앉아 있었다. 옷소매를 만지작거리다 아는 친구와 눈이 마주쳐서 서로 눈웃음을 주고받았다. 그러다 문득 초등학교 때와는 다르게 중학교에서는 과목마다 다른 선생님들이 들어오신다는 게 생각나서 어딘가 멋지고 정말 성장했다는 기분이 들었다.

담임 선생님이 들어오셨다. 조용한 교실은 더 조용해졌다. 우리 담임 선생님은 국어 선생님이셨다. 선생님은 우리가 알아야 할 것들을 이것저것 친절하게 알려 주셨다. 다른 과목 선생님들도 담임 선생님처럼 친절하시면 좋겠다는 생각이 들었다. 그런 뒤 선생님은 입학식을 위해 우리를 강당으로 데려가셨다.

중학교의 강당은 초등학교 때와는 달랐다. 초등학교 강당이 놀

이터 같았다면 이곳은 아직 가보지는 않았지만 군대 같았다. 훨씬 무
겁고 차가웠다. 앞에서 생활지도부 선생님이 상벌점제에 대해 설명
을 해주셨는데 교복을 입으며 설렜던 마음이 사라지고 다시 눈을 떴
을 때의 무거운 마음이 자라났다. 친절할 것으로 기대했던 선생님들
이 어쩌면 우리에게 벌점을 주는 무서운 분들은 아닐까?

입학식이 끝나고 알고 지내던 친구들과 하교를 하며 서로들 걱
정했다. 그렇지만 그런 걱정을 하는 것 자체가 내가 성숙한 것이라는
생각도 들었다.

이 글은 중학교 입학식 날에 대한 한 학생의 일기야. 중학교 생활
에 대한 기대감과 불안감이 잘 드러나고 있어. 그리고 그런 기대감과
불안감은 아마 남들에게 들키고 싶지 않을 거야. 짓궂은 친구들이 보
면 놀릴 수도 있을 테니까 말이야. 하지만 그런 마음을 또 누군가 이
해하고 알아줬으면 하는 게 사람 마음이기도 하지. 그러면 이제 이 일
기를 보여 주는 일기로 바꿔 보자.

무거운 바위를 달고
한없이 가라앉다가 나는
내 안의 어른을 꺼내 입는다
어느새 구름이 된다

하늘에는

낯선 구름들

또 낯익은 구름들

눈웃음을 주고받는 구름들

구름들을 이끄는 십여 개의 따스한 바람

그러나 차가운 하늘

지상에서 바라볼 때와 다른

너는 착한 구름이니?

너는 나쁜 구름이니?

바람은 우리를 분류할 것이다

나는 착한 구름일까?

나는 나쁜 구름일까?

다시 바위를 달고

한없이 가라앉는 듯한 기분

나는 구름이다

- 학생 작품, <입학식>

자, 이렇게 일기를 시로 바꿔 보았어. 어떻게 바뀌었는지 하나씩 살펴보도록 하자.

'무거운 바위를 달고 / 한없이 가라앉다가 나는'

이 부분은 입학식 아침의 무거운 마음을 표현한 부분이 되겠지? 무겁고 불안한 마음을 바위를 달고 가라앉는 것으로 표현했어. 무거운 것이 뭐가 있을지 생각해 보고 그 속성에 어울리는 '바위'를 떠올린 다음 표현한 거야.

'내 안의 어른을 꺼내 입는다'

이 부분은 교복을 입는 것에 대한 표현이야. 즉, '내 안의 어른'이 바로 교복이겠지? 교복을 다른 것에 빗대어 표현하기는 좀 어렵긴 해. 그래서 많은 고민이 필요하지. 먼저 교복의 속성을 생각해 보자. '입는 것', '초등학생에 비해 성숙했다는 것을 드러냄', '중, 고등학생이 입는다' 등이 있겠네. 이런 속성들을 드러낼 만한 것이 뭐가 있을까? '성숙함을 꺼내 입는다'라고 해도 될 것 같지만 '성숙함'을 너무 직접적으로 드러내는 것 같아서 조금 걸려. 그러면 '성숙'이란 무엇일까? 외면적인 성장을 의미하기도 하겠지만 아무래도 내면의 성장이 더 중요한 의미를 가지겠지. 그걸 드러낼 만한 표현으로 '내 안의 어른'을 선택했어. 그렇게 이 표현은 초등학생 때와는 다르게 어딘가 성숙해지고 새로운 환경에 다가설 준비가 되었다는 것을 드러내고 있지. 내면에서부터 나는 자라고 있었다는 의미야. 그리고 그것을 외면에 걸침으로써 나의 성장을 드러내 주는 것이 교복인 것이고.

'어느새 구름이 된다' 이 부분은 교복을 입고 두근거리는 마음과 설렘을 '구름'으로 표현했어. '구름'이 가지고 있는 가벼운 속성과 연결이 되지. 그리고 이 '구름'은 뒤에 가서 보면 자신뿐만 아니라 다른 친구들을 가리키고 있어.

'하늘에는 / 낯선 구름들 / 또 낯익은 구름들 / 눈웃음을 주고받는 구름들'

이 부분은 교실에 들어섰을 때 만난 친구들과의 모습을 드러내고 있어. '하늘'은 교실 또는 중학교의 의미가 있고 '구름'은 '친구'의 의미가 있지. '구름'들이 있는 곳이니 '하늘'이라는 장소를 선택한 거야. 그리고 다른 친구들도 다들 '나'처럼 설레는 마음을 가지고 있다고 생각했기 때문에 '구름'으로 표현한 거야.

　　'구름들을 이끄는 십여 개의 따스한 바람'

　　이 부분은 과목마다 다른 선생님이 들어오시는 것을 표현한 거야. '구름'을 움직이는 힘은 뭘까? 바로 '바람'이지. 즉, 여기서 '바람'은 선생님을 의미하겠지. '십여 개'는 초등학교에 비해 많아진 과목 수를 드러낸 것이고 말이야. '따스한'은 친절하게 이것저것 알려 주신 담임 선생님의 모습을 통해 다른 선생님들도 그랬으면 좋겠다는 마음을 드러낸 표현이야.

　　'그러나 차가운 하늘 / 지상에서 바라볼 때와 다른'

　　이 부분은 강당에서 마주친 분위기에 대한 표현이야. 막상 강당에 이동하니 상벌점제를 이야기하며 겁을 주는 생활지도부 선생님의 말씀에 '하늘'은 평범한 하늘에서 '차가운 하늘'로 바뀌지. '지상에서 바라볼 때와 다른'은 초등학교 때 무작정 동경했던 중학교는 실제로 와보니 다르더라는 의미가 되겠지.

　　'너는 착한 구름이니? / 너는 나쁜 구름이니? // 바람들은 우리를 분

류할 것이다'

이 부분은 상점을 주거나 벌점을 주는 선생님들에 대한 표현이
야. '상벌점제' 역시 '교복'처럼 표현하기 어려운 부분이야. 그래서 역
시 '상벌점제'의 속성에 대해 생각해 봐야 해. '상벌점제'는 좋은 일을
한 학생에게는 상점을, 나쁜 일한 학생에게는 벌점을 주는 제도이지.
이걸 한 단어로 표현할 만한 대상은 잘 떠오르질 않아. 그러면 다른
방법이 있지. '바람'이 말을 하는 것처럼 만들어 보는 거야. 앞서 말했
던 것처럼 '너는 착한 구름이니? 너는 나쁜 구름이니?'하고 물어보는
것이지. 그러면 자연스럽게 '착한 구름'에게는 상점을, '나쁜 구름'에
게는 벌점을 주게 될 거라는 의미가 담기지.

'나는 착한 구름일까? / 나는 나쁜 구름일까? // 다시 바위를 달고 /
한없이 가라앉는 듯한 기분'

이 부분은 바로 위의 부분에 이어서 상벌점제 때문에 걱정되는
마음을 드러내고 있어. 앞에 나온 '바람'의 질문에 대해 고민하는 모
습으로 그려내었지. 그로 인해 '다시 바위를 달고 한없이 가라앉는'
듯한, 아침의 그 무거운 기분으로 돌아가고 있어.

'나는 구름이다'

이 부분은 아직 착한 학생이 될지 나쁜 학생이 될지는 모르지만 어쨌든 이전보다 '성숙한 존재'가 되었다는 것을 드러내는 표현이야. '구름'의 의미가 앞에서는 '설렘', '학생'이었는데, 앞의 의미와는 달라진 셈이지. 하지만 꼭 달라졌다고만 보기는 힘들어. 오히려 하나의 시어가 여러 의미를 갖고 있다고 볼 수 있겠지. 이 시에서 '구름'은 설렘, 학생, 성숙한 존재 등의 중학생이라는 화자가 가질 수 있는 속성을 가진 것이 되고 있지. 따라서 '나'는 그런 속성을 복합적으로 가지고 있는 존재라고 말하고 있어. 자신의 정체성을 말하는 부분이지.

일기를 시로 바꿔 쓸 때 주의할 점

이렇게 일기를 시로 바꿔 봤어. 아직 이해가 잘 안 될 수도 있으니 학생이 직접 쓴 예시를 더 살펴보도록 하자. 잘 쓴 것과 그렇지 않은 것으로 살펴볼게.

20XX년 X월 X일 날씨 흐림
오늘도 학원에 그 애가 왔다. 말도 한번 제대로 걸어보지 못했지만 그 애가 문으로 들어올 때 가슴이 또 두근거렸다. 사실 그 애가 언제 오나 싶어 계속 문을 한 번씩 쳐다보고 있었지만 막상 그 애가 보이자 잠깐 쳐다봤다가 관심 없는 듯 다른 친구들과 떠들었다.

피부가 정말 하얀 그 애는 조용하고 늘 열심히 수업을 듣는다. 나는 학원 수업 중에도 자꾸만 그 애 쪽을 바라보게 되고 수업은 귀에 들어오지를 않았다. 오늘은 내 옆 옆 자리에 앉았는데 수업 중에도 계속 힐끔힐끔 그 애를 훔쳐보았다. 묶은 머리 아래로 보이는 가녀린 목덜미가 눈부셨다. 오늘도 상상 속에서만 그 애랑 손을 몇 번이나 잡았다. 지금도 그 애 생각에 가슴이 자꾸 두근거린다.

이런 내 마음을 아무한테도 말하지 않았는데, 학원을 마치고 집에 가는 길에 A가 그 애 이야기를 했다. 괜찮지 않냐고. 그래서 나는 아무렇지 않게 별로라고 말했다. 그랬더니 A가 자기는 그 애한테 관심이 있다면서 내일 한번 말이나 붙여 봐야겠다고 했다. 가슴이 덜컥 내려앉는 기분이었다. 혹시 A가 그 애랑 사귀게 되면 어떻게 하지? 누구보다 순수해 보이는 그 애가 A같은 놀기 좋아하는 애랑 어울리면 안 되는데. 나는 몇 달째 그 애를 훔쳐보기만 하면서 가슴이 아프기도 하고 어쩌다 눈이라도 마주치면 기분이 좋기도 하고 마음이 들켰을까 봐 가슴 졸이기도 했는데. 내일 A가 말을 걸 때 나도 옆에서 같이 말을 걸어 볼까 하는 생각도 든다. 이런저런 생각에 도무지 잠이 오지가 않는다.

읽으면서 나도 모르게 어릴 적 짝사랑했던 여자애가 떠올랐던 글이야. 난 가슴이 두근거려 본 적이 너무 오래되었는데 말이야. 이런 두근거리는 마음을 가질 수 있는 나이라는 게 정말 부러웠어. 일단 솔직하게 마음을 적어준 이 학생에게 박수를 보내고 싶어. 이후 어떻게 되었는지 다들 궁금하겠지만 그냥 이 학생의 용기에 감사하는 마음만 가지도록 하자.

어쨌든, 이 일기는 좋아하는 여학생에 대한 마음을 솔직하게 썼어. 그런 마음이라면 정말 누구에게도 들키고 싶지 않겠지. 제대로 잘 숨겨서 보여 주는 일기로 써야 할 거야. 혹시라도 그 애가 이 학생의 SNS를 통해 이 학생이 쓴 보여 주는 일기를 봤을 때, 자신의 이야기라는 걸 알게 된다면 어떻게 될지 기대를 해볼 수도 있겠지. 그러면 이 학생은 어떻게 썼는지 보도록 하자.

바람에 살랑거리며 흔들리는

새하얀 코스모스를

하루에도 몇 번씩이나

훔쳐본다

황량한 건물 안에

혼자 피어서

흔들리고 있는데

나는 터질 듯한 심장만 있고

입이 없어서

닿을 수 없어서

만질 수 없는데

심장 속엔

코스모스가 피어 있다

내일 황량한 건물을 부순다고 한다

불도저가 밀어버릴 거라고 한다

그 안에 혼자 피어 있는

새하얀 코스모스도

같이 사라져버리게 될 것이다

내 것이었어야 했는데

내 것이었어야 했는데

내일 뜬눈의 나에게 없는

입이라도 생긴다면

– 학생 작품, <심장 속의 코스모스>

일기를 보여 주는 일기로 바꿔 쓰면서 어떻게 마음을 표현했는지 살펴보자. '나'는 그대로 '나'로 썼어. 그리고 '그 애'는 '코스모스'로, '친구 A'는 '불도저'로 표현했네.

먼저 '그 애'와 '친구 A'부터 보자. '그 애'를 '새하얀 코스모스'로 표현한 것은 아마도 '그 애'의 '하얀 피부와 가녀린 목덜미'라는 속성을 살리기 위한 것으로 보여. 코스모스는 가는 줄기를 가지고 있고 바람이 불면 살랑살랑 흔들리곤 하지. 이에 비추어 볼 때 적절한 대상을 찾아 표현했다고 할 수 있어. 그리고 '친구 A'는 '그 애'에게 관심이 있고 여차하면 고백까지 할 것 같이 보이는 존재야. 그렇지 않아도 온통 그 애 생각뿐이라 불안정한 내 마음을 크게 흔들어 놓는 존재이지. 때문에 모든 것을 밀어 없애는 난폭한 존재인 '불도저'로 표현한 것 같아. 역시 적절한 대상을 찾아 표현했지.

이제 '나'를 보자. '나'는 일기 속에서 그 애를 훔쳐보기만 하고 말도 걸지 못하는 용기가 없는 모습이야. 이런 '나'의 속성에 맞춰서 '나는 터질 듯한 심장만 있고 / 입이 없어서'라고 표현했네. 그리고 자꾸만 그 애를 생각하는 것에 대해 '심장 속엔 / 코스모스가 피어 있다'라고 표현했어. 멋진 표현이야. 이 장면을 머릿속에 상상해 보면 얼마나 멋지고 예쁜 표현인지 이해가 갈거야. '황량한 건물'은 그 애 생각에 수업도 집중이 되지 않는 '나'의 마음을 표현한 것으로 보여. 그리고 친구가 그 애에게 관심 있어 하며 사귀고 싶어 하는 것으로 인해 그 마음은 부서지게 되겠지. 그렇게 그 애를 잃게 될까 안타까워하는 마음은 '내 것이어야 했는데'의 반복으로 절실하게 표현했어. 마지막 부분도 멋진 표현이야. '내일 뜬눈의 나에게 없는 / 입이라도 생긴다면'은 걱정으로 인해 잠을 이루지 못하는 '나'를 '뜬눈의 나'로 표현했어. 중의적으로 다가오는 표현인데, 다르게 보면 이는 '그 애를 훔쳐보는 눈만 있고 입은 없는 나'의 모습을 드러낸다고도 할 수 있지. 그리고 친구가 말을 걸 때 같이 말을 걸어 볼까 싶은 '나'의 마음도 나타나고 있어.

전체적으로 잘 쓴 시이지. 인물들을 모두 다른 대상에 빗대어 표현함으로써 자신의 상황을 숨기고 있기도 하고, 어느 정도 그 상황에 대한 추리가 가능한 부분이 있어서 이 학생의 친한 친구가 이 시를 봤다면 어떤 문제가 있는지 이 학생에게 물어 볼 수도 있겠지. 또는 '친구 A'가 이 시를 읽고 이해했다면 '그 애'를 포기하는 극적인 상황이 생길 수도 있을 테고 말이야.

다만 시의 완성도 측면에서 본다면 이 시는 보여 주는 일기에 대해 가르쳐준 대로만 썼기 때문인지 해당 일기에만 맞춰서 썼다는 느낌이 강하지. 그래서 구성적인 측면에서 조금 아쉬운 부분이 있어. 하지만 이렇게 쓴 것은 시를 위한 '초고', 즉 앞으로 시를 쓰기 위한 밑그림을 그린 것이라고 생각하면 돼. 여기에 내용을 추가하거나 빼고, 또 조금씩 다듬어 주면 멋진 연애시가 탄생할 것 같아.

20XX년 X월 X일 날씨 흐림

오늘은 내가 어제부터 손꼽아 기다려 오던 날이다. 그 이유는 어제 인터넷으로 구매한 헤드셋 JBL Quantum 100이 오늘 도착한다고 했기 때문이다. 원래는 온라인 수업을 혼자서 집중해서 들으라고 부모님께서 사주신다고 한 것이지만 사실 헤드셋을 배송받게 되면 제일 먼저 게임을 해보고 싶었다. 그래서인지 다른 사람들에게는 그저 24시간이었을 어제가 나에게는 정말 240시간이었던 것 같다.

그리고 결국 이 일기를 쓰기 한 시간 전, 헤드셋이 도착했다. 나는 너무 설레어 튀어나올 것만 같은 심장을 간신히 튀어나오지 못하게 하고 떨리는 손으로 상자를 열었다. 나는 곧바로 Quantum 100의 사진을 찍어서 SNS에 공유하고 엄마께 달려갔다.

Quantum 100으로 얼른 게임을 해보고 싶은 마음이 굴뚝같았다. 엄마께 사운드와 마이크 테스트를 해보겠다고 허락을 받자마자 바로 게임에 접속했다. 헤드셋의 음질은 정말 대단했다. 헤드셋을 빼고 게임을 해보자 지금까지 어떻게 게임을 한 건지 의문이 들 정도였다. 나는 이 헤드셋을 누구에게도 빌려주지 않고 오직 나만의 헤드셋으로 오랫동안 간직해야겠다.

어머니께는 '온라인 수업용'으로 필요하다고 해놓고 사실은 '게임'을 위해 구입한 헤드셋을 받은 날, 그 기쁨을 주체하지 못하는 느낌이 고스란히 전해져 오는 일기야. 읽으면서 그 뻔히 보이는 마음을 모른 척 넘기고 헤드셋을 사주셨을 이 학생의 부모님 마음도 보였고, 정작 그런 부모님 마음은 모른 채 작전 성공이라 생각한 학생의 모습도 너무 귀여웠어.

다만 이 내용으로 보여 주는 일기를 쓰기에는 어려울 것 같다는 생각이 들었어. 나한테 이걸 시로 바꾸라고 누군가 과제를 내준다면 정말 하루가 240시간으로 느껴질 것 같아. 그만큼 어려워 보인다는 말이야. 이 일기는 숨길만 한 것이 아니라 오히려 적극적으로 있는 그대로를 보여 줌으로써 자랑해야 하는 거니까 말이야. 그러면 이 학생은 어떻게 이 일기를 시로 바꿨는지 보도록 하자.

헬륨으로 빵빵하게
채운 풍선이 되어
하늘 위로 날아오를 것 같고
심장은 터질 것만 같은
나의 기분

부모님 마음은 수업 집중용

내 마음은 게임 실력 향상용

게임용이어서 그런지

설레는 마음

더더욱 기다려지는

게이밍 헤드셋

헤드셋을 기다리며

24시간을 240시간처럼

거북이 같은 시간의 속도를

느낀 나에 대한 보상

게이밍 헤드셋

엄마 눈치 보느라 듣지 못했던

발소리 총소리 하나하나

모든 소리 들을 수 있는

게이밍 헤드셋

돌고래 되어 매 게임마다 1등

영원히 나의 헤드셋

– 학생 작품, <게이밍 헤드셋>

앞에서 본 '심장 속의 코스모스'와는 달리 이 시 속의 인물은 모두 현실의 인물 그대로 나타나고 있어. 이런 식의 인물 설정이 나쁘다는 것은 아니야. 시인들이 쓴 시 중에도 보면 현실의 인물이 그대로 시 속에 나타나는 경우도 많아. 조향미 시인의 〈시 창작 시간〉 같은 시가 그런 예에 해당하겠지. 하지만 이 시를 '부모님'이 보신다면 어떨까? 아마도 처음엔 게임하려고 사달라는 자식의 마음을 모른 척 넘어가셨다가도 이 시를 본 순간 화가 나시지 않을까? "공부 1등이 아니라 게임 1등 하려고 사달라고 했냐!"라며 혼내실지도 몰라.

즉, 이 시의 가장 큰 문제점은 숨겨야 할 것들을 적절히 숨기지 못했다는 거야. 게이밍 헤드셋이 생겨서 기분이 좋다는 것을 '헬륨 채운 풍선'에 비유한 것이나 게임에서 1등을 해서 비명을 지르는 것을 '돌고래 되어'로 표현한 것은 나쁘지 않아. 그러나 나머지 부분들은 일기의 내용을 그냥 요약해서 옮긴 것에 지나지 않는다는 느낌이지. 물론 일반적인 상황에서 시를 쓴다면 자신의 기쁜 마음을 이 시처럼 표현할 수도 있어. 그렇게 볼 때 이 시는 아직 순수한 마음이 잘 느껴지는 귀여운 시가 되겠지. 그러나 내 마음을 숨기면서 남에게 보여 주는 일기로서는 적절하지 않다는 거야.

여기서 우리가 보여 주는 일기를 쓰는 목적은 말하고자 하는 바를 잘 숨기는 방법을 익히는 것이야. 어떤 대상에 빗대어 표현하면 말하고자 하는 바를 잘 숨길 수 있을지 고민이 필요하다는 거지. 이 시에서는 그런 고민이 보이지 않아서 아쉬워.

　보여 주는 일기 쓰기에 대해 살펴봤어. 이런 식으로 일기를 쓰는 습관을 들인다면 본격적으로 시를 쓰기 위한 좋은 훈련이 될 거야. 좋은 시를 쓰려면 무엇보다 많이 써보는 게 중요하거든. 시인들은 대개 오랜 습작 기간을 거치는데, 등단 후 얼마 지나지 않아 시집을 내는 시인들은 그 과정에서 꾸준히 시를 써 왔기 때문이야. 물론 이 방법으로 시를 써보면서 자연스럽게 시적 표현 능력을 익히고, 생각이 깊어지게 되는 건 당연한 일이겠지.

4장

....

이제는
나도 시인

이제 이 책의 마무리 단계야. 앞서 우리는 글감을 찾고, 시에 감정을 담고, 시의 리듬을 살리고 등등의 과정을 거치면서 이미 충분히 시를 쓸 준비가 되었어. 이어지는 내용은 정리 혹은 노파심에 달아두는 사족이라고 보면 돼.

좋아하는 것에서 출발하자

자, 글감은 어떻게 찾아야 할까? 먼저 좋아하는 것들에서 찾으면 돼. 시가 의미를 가지려면 구체적인 것들을 담고 있어야 해. 한 사물에 대해 깊이 관찰하고 그것이 가지는 속성을 내가 말하고자 하는 바와 연결이 되도록 끄집어내야 하지.

예전에 내가 '뱀장어'를 소재로 시의 초고를 썼을 때, 그 시를 읽고 한 시인이 했던 말이 아직도 기억에 남아. '이 뱀장어는 그저 관념적인 뱀장어일 뿐이다.' 그 시 속에는 '진짜 뱀장어'가 없다는 의미였어. 그저 누구나 떠올릴 법한 뱀장어가 있을 뿐, 뱀장어에 대해 깊이 파고들어 생각하지 않았다는 것이지. 그 말을 듣고 보니 정말 그랬어. '꿈틀거리는 뱀장어'의 이미지만 끌고 왔을 뿐, 그 뱀장어에게서 끌어 낼 수 있는 '진짜 뱀장어'의 이야기는 없었어. 그래서 나는 한 편의 시를 완성하기 위해 '뱀장어'의 삶에 대해 찾아보기 시작했어. 책을 찾아 읽고 인터넷 자료를 찾아보고 하면서 말이지.

시를 쓰려면 시어 하나하나에 대해 깊은 고민이 필요할 때도 있어. 잘 알지도 못하면서 쓰면 그 시는 '가짜'가 되고 마니까 말이야. 물론 이 책의 앞부분에서 시 쓰기에 대해 이야기할 때 '우리는 일단 주제나 의미를 깊이 고민하지 말자'라고 내가 얘기했을 거야. 그 이유는 일단 뭔가를 말하려 하기보다는 아직은 표현 방법을 익히는 것이 중요하기 때문이었지. 그러나 진짜 본격적으로 시를 쓰려 한다면 사물을 깊이 있게 바라볼 줄 아는 게 필요해.

그러면 여기서 다시 보자. 사물에 대해 깊이 있게 바라보고 시를 쓰려면 그 사물에 대해 잘 알아야 하지. 그렇다면 내가 제일 잘 알고 있는 것들은? 바로 '내가 좋아하는 것들'이야. 시 쓰기의 시작은 '좋아하는 것'에서 출발하는 것이 좋다는 거야. 그것에 대해 말한다면 내 말들은 구체성을 가지기 쉬워. 나는 누구보다 그 속성에 대해 자세히 표현할 수 있을 테니까 말이야. 이게 첫 번째야.

일상이 좋은 소재가 된다

두 번째는 앞서 말한 '좋아하는 것'에 관해 더 이야기할 것이 없을 때 찾아야 하겠지. 내가 좋아하는 것 다음으로 내가 잘 알 수 있는 것은 뭐가 있을까? 바로 일상이야. 앞에서 일기로 시 쓰기를 해봤지? 일상도 충분히 좋은 시의 소재가 될 수 있어. 특별한 일이 있었던 날에 대해서도, 정말 평범한 일상에 대해서도 시로 표현할 수 있어. 후자의 경우 그 똑같은 일상의 반복이 보여 주는 지루함조차도 소재가 될 수 있지. 이뿐만 아니라 조금만 더 주변에 관심을 가지면 새로운 것을 발견할 수 있을 거야. 늘 봐온 저 가로수의 이름은 무엇일까? 저 가로수의 생태는 어떤 것일까? 생각하고 찾아보는 거지. 정한아 시인의 〈메타세콰이어〉라는 시는 그 좋은 예가 될 수 있을 거야.

메타세콰이어가 어떤 나무인지 잘 모르는 사람은 이 시를 읽고 '갑자기 웬 공룡?'이라는 생각을 할 수도 있을 거야. 여기에 대해서는 내가 설명하기보다는 직접 이 나무에 대해 찾아보는 게 좋을 거라는 생각이 들어. 그런 식으로 몰랐던 것들에 대해 관심을 가지고 찾아보면서 알아가는 습관을 기르는 게 중요해.

비단 이런 가로수뿐만이 아닐 거라는 건 더 이야기하지 않아도 잘 알 거야. 주변에서 늘 봐왔지만 이름조차 알아보려 하지 않은 새나 벌레, 풀꽃 같은 것들. 관심을 가지고 깊이 바라보면 모든 게 시의 소재가 될 수 있어.

감정을 잘 표현하면 감동을 끌어낼 수 있다

세 번째는 감정이야. 일상의 영역에 속하는 것이기도 하고 거의 모든 시에 담기는 것이기는 하지만 이것도 중요한 부분이니 따로 이렇게 보도록 하자. 우리는 살아가면서 많은 감정을 느끼지. 기쁜 일, 슬픈 일, 괴로운 일, 화나는 일 등등 다양한 일들을 겪으면서 그에 따른 감정을 느껴. 이런 것들은 인간의 감정에 대해 표현하는 서정시의 본질과도 맞닿아 있는 소재들이야. 이런 감정들에 대해 구체적인 사건을 바탕으로 시를 쓴다면 좋은 시가 될 수 있을 거야.

그리고 내가 경험하고 느낀 일 외에도 간접적으로 경험한 것들도 소재가 될 수 있지. 뉴스를 통해 접한 안타까운 소식이나 친구를 통해 들은 기쁜 일 또는 소설이나 영화를 통해 보게 되는 인물의 삶 같은 것들 말이야. 이런 것들은 내가 겪을 수 있는 한정적인 경험보다 더 큰 범위의 경험을 제공하는 경우가 많아. 때문에 이런 경험을 할 때마다 잘 기억하거나 메모해 두면 좋을 거야. 그런 경험에 대해 찬찬히 살펴보고, 그 사람의 입장에서 생각해 보기도 하면서 그 감정의 본질에 다가가서 표현할 줄 안다면 좋은 시를 쓰는 데에 한 걸음 더 다가가는 거지.

예술 작품이 주는 영감

　네 번째는 다른 예술 작품이야. 과거의 예술 작품이든 동시대를 살아가는 예술가의 작품이든 다른 예술가에게 영감을 줘. 그래서인지 문학 작품 중에도 미술이나 음악에서 받은 영감을 바탕으로 창작한 작품들이 많이 있지.

　뭉크의 〈절규〉는 유명한 그림이지. 이장욱 시인의 〈절규〉를 읽어 보면 이 뭉크의 그림을 바탕으로 한 것임을 짐작할 수 있어. 제목도 같고 시 속의 문장을 통해서 말이지. 찾아보면 이 작품 외에도 다른 예술 작품의 영향을 받은 시가 굉장히 많다는 걸 알 수 있을 거야. 우리가 앞에서 해 본 '보드게임으로 시 쓰기' 역시 같은 범주에 있는 것이지.

　예술 작품 속에는 그 작품을 창작한 사람의 정신과 의도가 녹아들어 있어. 그런 작품들을 통해 우리는 우리가 미처 생각하지 못했던 것들, 우리에게 감동을 주는 것들, 기묘한 상상력이 드러나는 것들을 만나게 돼. 그것을 빌려와서 나만의 것을 만들어 낼 수도 있는 것이지. 다만 이 경우, 대놓고 그대로 가져다 쓰는 표절이 되어서는 안 될 거야. 출처를 밝히거나 그 작품에 대한 존경을 표시하는 게 필요해.

상상은 창의성과 연결된다

다섯 번째는 상상이야. 상상은 사실 가장 구체성이 떨어져. 현실
이 아니기 때문이지. 하지만 그래서 오히려 커다란 힘을 가지기도 해.
상상을 통해 펼쳐 놓는 장면들은 놀라움을 주는 것들이 많아. 학생들
이 좋아하는 게임도 상상의 결과물이지.

상상은 창의성이 가장 요구되는 부분이야. 그렇다고 겁먹을 필
요는 없어. 앞에서도 해봤지만, 기존의 것을 살짝만 비틀어 줘도 돼.
그리고 꼭 현실에 존재하지 않는 환상적인 것만이 상상은 아니야. 현
실을 기반으로 '나에게 이런 일이 생긴다면? 또는 저런 일이 생긴다
면?'과 같은 상상을 하고 그것에 대해 더 깊이, 구체적으로 그려낼 수
있다면 역시 훌륭한 상상이 될 거야.

시에
감정을
담으려면

시에 감정을 담는 것은 시를 쓸 때 가장 기본적이면서도 어려운 것 중 하나야. 감정을 완전히 노출해서도 안 되고 그렇다고 너무 숨겨도 안 되거든. 전자의 경우는 넋두리가 되어 버리고 말고 후자의 경우는 읽는 사람이 글쓴이의 의도를 파악하지 못하게 되어 버리지.

그래서 시에 자연스럽게 감정을 담는 것이 중요한데, 그런 방법을 우리는 앞에서 사실 다 해봤어. 보드게임의 이미지만으로 표현하는 것이 그 예가 될 수 있지. 그리고 상상목록에서 '깡통'으로 문장을 만들어 표현해 봤던 것이나 수수께끼 내듯 시 쓰기 같은 것도 마찬가지고 말이야.

감정을 직설적으로 드러내지 않기

여기서는 한 가지만 명심하도록 하자. 시에서 감정 표현이 필요한 경우에는 되도록 해당 감정 단어를 시에서 드러내지 말도록 해.

'슬프다', '기쁘다', '행복하다' 같은 것들 말이야. 굳이 넣어야 겠다면 전체 시에서 한 번 정도만 넣도록 하자.

> 나는 곰인형 뒤에 숨어 울었다
> 활짝 핀 해바라기 사이에서
> 쓸쓸하게 서 있는 허수아비
> 비처럼 떨어져 내리는
> 물고기들이 슬픈 날이었다
>
> – 학생 작품, <슬픈 이별> 부분

이 작품은 보드게임 딕싯의 그림들로 썼던 학생의 시야. 얼핏 보기에는 시 속에 제시된 이미지들이 좋아서인지 괜찮게 느껴져. 그런데 조금만 신경 써서 보면 제목이 '슬픈 이별'이고, 내용을 보면 '울었다', '쓸쓸하게', '슬픈 날'과 같은 말들이 보이지. 길지 않은 문장 사이에서 '슬픔'과 관련된 감정 단어가 너무 많이 사용되었다는 것을 알수 있어. 그걸 인지하는 순간 이 시는 '내가 슬픈 것을 제발 좀 알아줘'라고 호소하고 있는 듯한 느낌으로 다가와. 슬픈 감정의 과잉 상태가 되어 버린 셈이지.

이미 제목에서 '슬픈 이별'이라고 제시되었기 때문에 내용 안에서는 이와 관련된 말들을 하나 정도만 남기거나, 다 빼버리고 장면만

객관적으로 제시했다면 어땠을까? 그러면 아마 담담하게 장면만 말하는 듯한 느낌이 되겠지. 하지만 제목을 통해 그 속에 말하지 못하고 억누른 슬픔을 담고 있다는 게 전달되면서 더 큰 감동을 줄 수 있을 거라는 생각이 들어.

　이성복 시인의 〈서해〉라는 시를 한번 찾아서 읽어 보도록 하자. 이 시에서는 누군가에 대한 그리움을 이야기하고 있지만 '그립다'라는 말은 시 전체에서 한 마디도 쓰이지 않았어. 그저 화자의 상황과 생각만을 제시하고 있을 뿐이지. 그런데도 이 시를 읽어 보면 당신에 대한 절절한 그리움과 사랑하는 마음이 느껴질 거야. 즉, '그립다'라는 말을 하기 위해 '그립다'라는 말을 하지 않고 표현함으로써 독자에게 감동을 주는 것이지. 이렇게 쓰기 위해서는 많은 고민과 시를 쓰는 연습이 필요하지만, 말하고자 하는 감정을 말하지 않고 표현하는 것은 좋은 서정시를 쓰기 위해 꼭 갖춰야 하는 능력이기도 해.

시의
리듬감을
살려 보자

리듬감을 이야기하니 떠오르는 부분이 있지? 바로 2장에서 힙합 노래 가사를 쓸 때 살펴본 것이지. 힙합의 랩은 '운韻'의 요소가 리듬을 형성하는 데에 강하게 작용하고 있어.

　우리말로 된 시가에서 일정한 리듬을 가진 대표적인 갈래를 든다면 시조가 있을 거야. 그러나 시조의 틀에는 '운'에 대한 고려는 따로 없지. 다만 음보에 따른 율격이 중심이 되고 있을 뿐이야. 그리고 전통적인 우리 시가의 다른 갈래들을 찾아봐도 '운'이 크게 고려된 것이 없다는 걸 보면 우리말로 리듬을 형성할 때 '운'을 살리는 것이 얼마나 어려운지 알 수 있을 거야. 그러면 자유시에서는 어떨까?

　안타깝게도 자유시에서도 겉으로 크게 드러나는 리듬감은 없어. 시조처럼 음보에 따른 율격을 지켜야 하는 것도 아니고 말이야. 그래서 자유시의 리듬에 대해 '내재율'이라고 말하지. '이게 이 시의 리듬이야'라는 식으로 직접 드러나지는 않지만, 내용이나 말소리를 고려하여 단어를 적절히 배치를 함으로써 느끼게 만드는 리듬이야. 즉, 잠재적으로 존재하는 리듬이며 시를 읽는 와중에 은근히 느끼게 되는 리듬이지. 그러면 그런 리듬을 시에서 어떻게 표현할 수 있을까?

시의 리듬을 파악하려면

일단 가장 간단한 방법. 시를 다 쓰고 나면 시를 소리 내서 읽어 보도록 해. 그렇게 했을 때 자연스럽게 흘러가지 않고 어딘가 걸리는 느낌이 든다면 그 부분의 리듬에 문제가 있는 거겠지. 그런 부분들을 다시 읽어 보고 고치고 하는 것을 반복하는 거야.

> 깜깜하게 꺾이는 그들의 머리카락
>
> 조각조각들이 바람에 날아가
>
> 우울한 손톱 사이로 파고든다
>
> 망할 코끼리 떼가 그들의 낡은
>
> 시계 바늘을 때리고 깎는다
>
> 어둡게 타들어 가는 나의 손톱
>
> 나는 아직도 환하게 시커먼 사람인가 보다
>
> – 학생 작품, <고요한 소식>

이 시를 한번 소리 내서 읽어 보자. 어때? 자연스럽지 못하고 걸리는 부분이 있었어? 나는 ①'망할 코끼리 떼가 그들의 낡은 / 시계 바늘을 때리고 깎는다.' 부분과 ②'나는 아직도 환하게 시커면 사람인 가 보다'가 걸렸어. ①은 그 앞의 말들과 비슷한 글자 수를 유지하기 는 했지만 '그들의 낡은'이라는 수식어 부분에서 끊는 바람에 매끄럽 지 못한 느낌이야.

강조하고 싶은 부분을 변형하기

그리고 계속해서 비슷한 길이만 유지하는 것도 썩 좋은 방법이 라고는 할 수 없어. 자장가나 재미없는 수업을 들을 때 느껴 봤듯이 같은 어조나 리듬만 반복이 되면 졸리잖아. 즉, 변형이 없으면 지루해 진다는 것이지.

이 부분을 이렇게 해보면 어떨까?

망할 코끼리 떼가 / 그들의 낡은 시계 바늘을 / 때리고 깎는다

리듬은 시를 쓴 사람이 강조하고자 하는 부분에 따라 형성이 되 기도 해. 그래서 이 부분에 대한 정답은 없긴 하지만 그래도 원래 것 보다는 매끄러운 느낌이지. 저 부분에서 만약 '망할'을 강조하면서 읽

히는 데에 대한 모호성을 부여하고 싶다면

　　망할 / 코끼리 떼가

　　처럼 써볼 수도 있어. 이 경우 '망할'이 '코끼리 떼'를 수식하는
게 아니라 혼잣말처럼 보일 수도 있지.
　　기본적으로 시에서 각각의 행은 비슷한 시간 안에 읽어 나간다
고 보면 되는데, ②의 경우는 문장이 다른 부분에 비해 길어서 말이
빨라지는 느낌이야. ①과 비슷한 맥락에서 ②의 경우도 이렇게 고쳐
보면 어떨까 싶어.

　　나는 / 아직도 환하게 시커먼 사람인가 보다

　　여기서는 리듬의 단조로움을 피하면서 '나'를 강조하기 위해 이
렇게 끊어 보았어. 하지만 다음 예시처럼 끊는다면 또 강조점이 달라
질 거야.

　　나는 아직도 / 환하게 시커먼 사람인가 보다

　　이 경우는 '나'보다는 '아직도'가 더 강조되겠지. 역시 앞부분들

과는 다른 리듬으로 변형을 줬고 말이야.

반복과 수미상관

같은 문장이나 음운을 반복하는 것 역시 내재율이라는 리듬을 형성할 수 있어. 앞선 시에서는 'ㄲ'이나 'ㄱ', 'ㅋ'이 많이 사용된 게 보일 거야. 앞부분에서는 이 음운들을 집중적으로 사용했고 말이야. '떼가', '때리고' 역시 'ㄸ'을 이어지는 행에 나란히 배치했네. 그렇게 함으로써 딱딱하고 차가운 느낌을 주고 '고요한 소식'이라는 제목의 분위기에 맞추려 한 것 같아.

이 시에서 사용되진 않았지만 수미상관이라는 방법도 있어. 이 건 시의 앞부분과 마지막 부분을 같거나 비슷한 문장으로 써서 안정감을 주는 방식이야. 예를 들어 '나는 오늘도 길을 걷는다'로 시를 시작해서 중간에 그에 관한 내용이 나오고 마지막 행이나 연에 다시 '나는 길을 걷는다 오늘도'와 같이 써주는 방식이야. 잘 활용하면 좋은 방법 중 하나야.

행갈이와 연갈이

이외에도 여러 가지 방법이 있지만, 마지막으로 독특한 리듬감을 형성하는 방법을 하나 보여 줄게.

①그랬으면 좋겠다 살다가 지친 사람들

(중략)

그늘 아래 휴식한 만큼 아픈 일생이 ②아물어진다면

좋겠다 정말 그랬으면 좋겠다

(중략)

나뭇가지 흔드는 어깨짓으로 지친 새들의 날개와

부르튼 구름의 발바닥 쉬게 ③할 수 있다면

좋겠다 사철나무 그늘 아래 또 내가 앉아

아무 것도 되지 못하고 내가 나밖에 될 수 없을 때

(후략)

– 장정일, <사철나무 그늘 아래 쉴 때는> 부분

이 시는 행갈이와 연갈이가 특히 돋보이는 작품이야. 행갈이는 행을 바꾸는 것, 연갈이는 연을 바꾸는 것을 의미해. 이 시에서는 '좋겠다'와 '그랬으면 좋겠다'가 반복되고 있는데, 이 시의 빨간색으로 표시한 부분을 보도록 하자.

①에서는 일반적으로 쓰듯이 '그랬으면 좋겠다'라고 한 행에 모두 썼어. 그런데 ②를 보면 '아물어진다면'에서 행을 마무리하고 행을 바꿔서 '좋겠다'라고 하고 있어. 앞의 말에서 끊어 주고 서술어인 '좋겠다'를 넣어 줌으로써 독특한 리듬을 형성하고, 그러면서도 '좋겠다'라는 말을 강조하지. 거기에 이어서 '정말 그랬으면 좋겠다'라는 말을 반복해서 다시 한번 강하게 강조하고 있어. ③이 정말 절묘한 부분인데 여기서는 행갈이를 한 게 아니라 연갈이를 하면서 새로운 연의 시작을 '좋겠다'라는 서술어로 하고 있어. ②에서의 행갈이가 약간의 호흡을 두고 리듬을 만들어 내었다면, ③은 긴 호흡을 두고 '좋겠다'라고 말함으로써 잠시 쉬는 사이에 더 몰입하게 만들지. 심지어 그 틈이 만드는 리듬을 통해서 감동을 만들어 내기까지 하는 거야. 개인적으로 '좋겠다'라는 말이 이렇게나 좋았던 적은 없었어.

이런 식으로 행갈이나 연갈이를 잘 활용하면 자신만의 개성적인 리듬을 만들어 낼 수 있다는 걸 잘 알아 두었으면 해. 그리고 리듬을 통해 의미 전달을 더 잘 할 수 있다는 것도.

분위기를 바꾸는
시제

시간 표현은 시의 분위기나 의미에 많은 영향을 미치는 부분이야. 대부분의 시는 현재형이나 과거형의 시제로 표현해. 미래형은 드물지만, 시인의 의도에 따라 사용되기도 하지.

시에서 어떤 시제로 표현할지는 이야기하고자 하는 게 무엇인지에 따라 다르기는 해. 과거 회상이 주가 된다면 과거형을, 현재 상황을 보여 주거나 생동감 있게 진행하려 한다면 현재형을, 예언의 느낌을 살리거나 의지를 보여 주고자 한다면 미래형을 쓰게 되겠지.

현재, 과거, 미래 시제를 적절하게 활용하기

시제와 관련된 부분은 시를 다 쓴 후에 고쳐 가면서 결정하는 걸권장해. 왜냐고? 아래의 시를 한번 보자.

거꾸로 / 바꾸어야 한다 //

너무나도 쉽게 / 깨져야 한다 //

잘 / 닦아주어야 한다 //

남을 / 흉내 내야 한다 //

아버지의 눈동자 속에서 / 나는 / 맑고 투명하게 //

그래야만 한다

– 학생 작품, <두꺼운 장막>

이 시는 현재형으로 되어 있어. 그래서 아버지에게 억압을 받는 화자가 처한 상황이 계속되고 있다는 느낌이 강하지. 게다가 앞으로도 그런 비극적인 상황에 쭉 놓이게 될 것임을 짐작하게 해. 그러면 이 시를 과거형으로 바꿔 보면 또 느낌이 어떻게 달라지는지 보자.

거꾸로 / 바꾸어야 했다 //

너무나도 쉽게 / 깨져야 했다 //

잘 / 닦아주어야 했다 //

남을 / 흉내 내야 했다 //

아버지의 눈동자 속에서 / 나는 / 맑고 투명하게 //

그래야만 했었다

어때? 분위기가 달라졌지? 현재형과는 다르게 과거에 '아버지에게 억압받았던 존재'로서의 기억을 풀어놓고 있는 시가 되었어. 따라서 지금은 그렇지 않은 상태라는 것도 드러나게 되지. 덕분에 이 시의 과거형은 단순한 회상이라는 데서 그치는 게 아니라 화자가 억압을 극복한 상태라는 의미도 형성하게 돼. 마찬가지로 미래형으로 바꾼다면 다가올 미래에 대한 불안감을 말하는 시가 되겠지.

이것만 보더라도 시제가 가지는 힘이 어떤 것인지 잘 알 수 있을 거야. 시제를 바꾸면 단순히 시의 분위기만 바뀌는 것이 아니라, 시가 말하고자 하는 바까지도 바뀌게 되지.

앞서 시를 다 쓴 후에 시제를 정하라고 권장한 이유는 이것 때문이야. 아직 시를 배워 나가는 과정에 있는 학생들은 이런 형태, 저런 형태로 시를 많이 건드려 보고 만지작거려 보는 게 중요하다고 생각해. 그러다 보면 앞으로 시를 쓸 때 어떤 시제를 쓰면 더 효과적으로 말하고자 하는 바를 전달할 수 있을지 알게 될 테니까 말이야.

고쳐 쓰기의
힘

고쳐 쓰기는 시의 완성을 위한 아주 중요한 단계야. 시는 고쳐 쓰기 과정에서 처음과는 완전히 다른 시로 바뀌기도 해. 이렇게 저렇게 건드리다 보면 표현 방법이 많이 바뀌기도 하고, 아예 새로운 내용이 추가되거나 기존의 내용이 빠져 버리기도 하고, 심지어 처음 의도했던 것과는 다른 주제가 드러나는 작품이 되기도 하지. 앞에서 해봤던 '기성 시 바꿔 써보기'나 '시를 다 쓴 후에 시제 바꿔 보기'도 일종의 고쳐 쓰기인 셈인데, 여기서는 고쳐 쓰기를 할 때 유용한 몇 가지 방법을 알아보도록 하자.

참, 고쳐 쓰기는 쓰는 중에도 할 수 있고 다 쓴 후에도 할 수 있어. 제시하는 방법들은 어떤 때에 써도 상관은 없어.

부족한 부분 채우기

시를 다 쓰고 나서 찬찬히 읽어 보면 어딘가 아쉬운 느낌이 들 때가 있을 거야. 대개 시의 정서는 전체적으로 통일감이 있는데 강렬한 인상을 남길 만한 표현이 없는 경우이지. 그때는 단어 연결하기나 뒤집어 생각하기로 기발한 문장을 하나 만들어서 시 사이에 넣어 주면 좋아.

닫혀 있는 그대의 마음
어둠에서 기어나가,
빛을 받았다

내 마음이 허공에 묶였을 때
말의 억양까지 들리는 듯하였다

가슴을 파고들었기 때문에
커튼을 열었다

내게 박힌
거미의 그림자에서
쓸쓸한 냄새가 난다

  – 학생 작품, <좁은 문>

여기서 붉은색 글씨 부분은 초고를 다 쓴 후 고쳐 쓰기 과정에서 학생이 추가한 부분이야. 앞부분을 보면 이미 고쳐 쓰기를 거치면서 최대한 말을 압축하려 한 흔적이 보여. 그런 후 어딘가 아쉬웠는지 마지막 부분을 단어 연결하기 방법으로 추가한 거야. '어둠에서 기어나가'는 부분이나 '마음이 허공에 묶인' 부분과 추가한 '거미'의 이미지가 연결되고, 표현 자체도 좋은 인상을 남길 만한 것이라 좋은 고쳐 쓰기라 할 수 있어. 문장 하나가 시의 평범한 느낌을 지우고 분위기를 살려 주고 있는 셈이지.

불필요한 부분 삭제하기

학생들이 쓴 시를 보면 같은 단어를 계속해서 반복하는 경우가 정말 많아. 그리고 장황한 설명을 하는 경우도 많고 말이야. 이 두 경우는 시를 쓸 때 반드시 고쳐 줘야 하는 부분이야. 시 중에서 긴 축에 속하는 이야기 시나 서사시에서도 그렇게 하지는 않거든. 시는 기본적으로 최대한 간결하게 써야 해.

~~나~~는 끝이 보이지 않는 문턱들을 넘는다

골목엔 수많은 가면들~~이 나를 본다~~

나는 눈물방울 속에 갇혀있고

죽음 앞에서 ~~나~~는 낙엽을 굴린다

~~나~~는 타오르는 불과 함께

그림자 속으로

가라앉는다

– 학생 작품, <마지막>

　장황한 설명에 대해서는 앞에서 이야기한 적이 있으니, 여기서는 반복되는 단어를 삭제하는 것에 대해 살펴보자. 시에서 의도적으로 단어들을 반복하는 경우도 있지만 그런 경우가 아니라면 불필요하게 반복되는 단어들은 삭제해 주는 쪽이 좋아. 짧은 시인데도 이 시는 그 안에서 '나'가 너무 많이 반복되고 있지. 보통 시에서 주어가 생략되어 있다면 그 행위의 주체는 '나'라고 봐도 무방해. 이 시의 경우에는 군이 '나'를 말하지 않아도 그 행위의 주체가 '나'라는 게 충분히 드러나고 있기도 하고 말이야. 그래서 불필요한 '나'는 삭제해 주는 게 좋지. 여기서는 가운뎃줄을 그어서 '나'에 대한 것들을 한 부분만 남기고 삭제해 봤어. 읽어 보면 훨씬 깔끔해졌다는 느낌이 들 거야.

　이런 경우 외에도 좋은 문장이 아쉬워서 못 버리는 경우도 있어. 그 문장이 시의 통일성이나 분위기를 해치고 있는데도 말이야. 이럴 땐 해결책이 있지. 만약 빼야 할 것 같다는 느낌이 조금이라도 든다면 그 문장은 그 시에 어울리지 않는 거야. 그러니 과감하게 빼도록 해. 그런 뒤 그 문장은 따로 적어서 모아 두도록 해. 나만의 '문장 은행'을 만들어 두는 것이지. '문장 은행'에 넣어둔 문장들은 이후에 다른 시를 쓸 때 꺼내 쓰도록 해. 시를 쓰다가 막혔을 때, 시를 다 썼는데 어딘가 허전할 때, 시를 어떻게 시작해야 할지 감이 오지 않을 때, 바로 이런 때 '문장 은행'을 뒤져 보는 거야. 그렇게 해서 그 시에 어울리는 적절한 문장이 있다면 넣어주면 돼. 물론 그렇게 사용한 문장은 '문장 은행'에서 삭제를 해줘야 겠지? 그대로 내버려 뒀다간 '자기 표절'의 함정에 빠질 수도 있으니 주의하도록 해.

단어, 행, 연 바꾸기

시를 다 썼는데 그 의미가 너무 적나라하게 보일 때가 종종 생길 거야. 그럴 땐 단어를 몇 개 바꿔 보자. 앞서 '상상목록 작성 후 시 쓰기'나 '기성 시 바꿔 쓰기'를 할 때 했던 것처럼 해보면 돼.

마찬가지로 시의 행이나 연들을 서로 바꿔 보자. 이건 소설의 구성 방식을 생각해 보면 쉽게 이해가 갈 거야. 소설을 보면 사건이 시간 순서대로 진행이 되는 경우도 있고 현재에서 과거를 회상했다가 다시 현재로 오는 경우도 있지? 아예 현재에서 과거로 진행되는 특이한 경우도 있고 말이야.

시도 마찬가지의 방법을 적용해 볼 수 있어. 시간 순서 또는 생각이 흐르는 순서대로 썼던 시에서 그 행이나 연의 위치만 바꿈으로써 독특한 시의 진행을 만들 수 있지. 이미지로만 제시된 경우도 마찬가지야. 아무리 단편적인 이미지들의 나열이라도 각각의 이미지가 나름의 순서를 가지고 있는데 그 순서를 바꿈으로써 독특한 느낌을 전달할 수 있어. 이런 식으로 해보면 때로는 이전보다 더 완결된 느낌의 시가 될 수도 있고, 때로는 아직 이어지는 듯한 느낌으로 끝난 뒤의 내용이 궁금해지는 시가 될 수도 있지. 예시를 보면서 어떤 식으로 하는 것인지 파악해 보도록 하자. 참, 예시의 바꾸기 전과 바꾼 후 중 어느 것이 더 좋은 시인지는 비교하기 힘들어. 그냥 이런 식으로 바꿔볼 수 있다는 정도로 참고만 해보도록 해.

깊은 곳에 네가 있다

네 귓속으로 모래가 파고든다

보이지 않는 곳으로

귀를 기울인다

음표와 선율이 달궈지고 너는

썩지도 못하는 눈물로

한없이 부딪는다

단단한 음악과

뜨거운 음악이

깨지고

파편은 차갑다

귀머거리 강철은 아직도

시끄럽다

   - 학생 작품, <모래 속의 베토벤>

아래는 수정한 시야.

깊은 곳에 네가 있다

파편은 차갑다

귀머거리 강철은 아직도

시끄럽다

너는

썩지도 못하는 눈물로

한없이 부딪는다

음표와 선율이 달궈지고

단단한 음악과

뜨거운 음악이

깨지고

네 귓속으로 모래가 파고든다

보이지 않는 곳으로

귀를 기울인다

다른 시 짜깁기해 보기

써놓았던 시 중에 정서가 비슷한 시들이 몇 편 있다면 이 방법이
좋을 때가 종종 있어. 서로 다른 시인데 어떤 문장이나 연이 A시에서
B시로 가는 순간 기묘한 공명을 내는 상황이 발생하기도 하거든. 마
치 퍼즐을 맞추듯 시들을 짜깁기해 보는 거야. 생각보다 재미있기도

한 방법이야. 단점은 시 하나를 완성하는 대신 다른 시 하나가 어딘가 구멍이 나게 된다는 거지만.

그런 이름 간직하며 죽고 싶다

늙은 이리를 동경했던 황혼처럼

힘줄을 끊고서 죽어가겠다

피비린내 사이 은밀한 희열처럼

그런 삶을 살고 싶다

찬란했던 살인의 흔적에 추억은 속부터 썩어간다

썩고 마른 고기에서 시간의 조각이 올라왔으며

어둡지만 환하게 허물어진 수은을 토해냈다

삶이 박제된 나의 고통 속으로

초침이 내장을 휘젓는다

또, 발소리에 떨어졌으며 무너졌었고

황혼을 등에 메고서 우리

머물다 온 차가운 상기에

그대 또한 다다른다면

귀머거리는 분명 당신을 말하는 것이다

– 학생 작품, <태명>

바람을 쐬고 있다

유리 속에 갇힌 채 우울한 표정을 짓고 있다

우울이 뜯어먹고 남은 손가락만 걷고 있다

시험지가 쓸쓸히 걷고 있다

매일 책상 위에 놓인 눈동자는 절규했다

누군가의 뒷덜미를 바라봤다

자꾸만 뜨겁게 끓어올랐다

그동안 쥐는 죽음을 향해 녹아내렸다

연필은 차갑게 걷고 있다

부모님이 웃으며 누워 있다

– 학생 작품, <공부>

두 시는 다 어딘가 어두운 분위기를 풍기고 있지. 지금 우리가 첫 번째 시를 쓰고 있다는 가정 아래 들여다보면 화려한 표현에 비하면 약간 짧은 듯한 느낌이 들어. 그래서 두 번째 시에 있는 붉은색 글씨 부분을 잘라다가 첫 번째 시에 넣어 볼 거야.

그런 이름 간직하며 죽고 싶다

늙은 이리를 동경했던 황혼처럼

힘줄을 끊고서 죽어가겠다

피비린내 사이 은밀한 희열처럼

그런 삶을 살고 싶다

찬란했던 살인의 흔적에 추억은 속부터 썩어간다

썩고 마른 고기에서 시간의 조각이 올라왔으며

매일 책상 위에 놓인 눈동자는 절규했다

누군가의 뒷덜미를 바라봤다

어둡지만 환하게 허물어진 수은을 토해냈다

삶이 박제된 나의 고통 속으로

초침이 내장을 휘젓는다

또, 발소리에 떨어졌으며 무너졌었고

자꾸만 뜨겁게 끓어올랐다

황혼을 등에 메고서 우리

머물다 온 차가운 상기에

그대 또한 다다른다면

귀머거리는 분명 당신을 말하는 것이다

어때? 꽤 어울리지 않아? '책상'이라는 단어가 조금 어울리지 않긴 하지만 이럴 땐 단어를 다른 것으로 바꿔 주면 될 거야. '손바닥'이나 '식탁' 같은 것도 괜찮을 것 같아.

이 방법들을 잘 활용해 보기를 바라. 물론 그러려면 평소 좋은 문장이 떠올랐을 때 메모해 두는 습관이 중요하겠지? 그리고 시도 틈틈이 써놓아야 할 테고 말이야.

제목은 시의 첫 문장과 함께 시의 얼굴이라고 할 수 있어. 백일장이라든지 신춘문예라든지 시를 대상으로 심사를 해 본 적이 있는 시인들이 하나같이 하는 말이 있어. '제목과 첫 문장만 읽어 봐도 시를 쓴 사람이 얼마나 시를 열심히 써왔는지 보인다'라는 거야. 제목의 중요성에 대해서는 앞의 여러 부분에서도 이야기했지만, 특히 '짧은 시 쓰기' 부분을 보면 제목이 얼마나 중요한지 잘 알 수 있지.

제목은 시에서 말하고자 한 바가 담겨 있어야 해. 시의 내용과 관계없는 엉뚱한 제목을 지어 버린다면 말하고자 한 바를 전달할 수 없겠지. 대개 시인들이 시를 쓸 때, 시의 제목을 제일 마지막에 지어. 그리고 제일 많이 고민하기도 하는 부분이지.

그러면 몇 가지 제목 짓는 방법을 알려 줄게.

내용을 살펴봐

먼저 시의 내용이 명확한 경우에는 제목을 조금 모호하거나 포괄적으로 지어주는 것이 좋고, 시가 모호하다면 제목을 명확하게 해주는 게 좋을 거야. 예를 들어 시에서 '이별'이라는 상황이 분명하게 드러나고 있다면, 제목에서 '이별'이라고 말하기보다는 '이별'을 드러낼 수 있는 다른 것을 빌려서 말하는 게 좋을 거야. 예를 들면 '손을 놓치다' 같은 게 있겠지. 반대로 시에서 '이별'에 대한 파편적인 장면이나 비유, 상징만 나타나 있다면 제목에는 '이별'이라는 단어를 직접적으로 사용해 줘도 괜찮아.

제목의 길이를 고려하자

제목의 길이도 생각해 볼 수 있어. 대개 제목을 짧게, 그 시의 소재나 상황을 활용해서 짓고 마는 편인데 이 경우 독자의 눈을 끌기는 어렵지. 하지만 짧은 제목은 잘 지을 경우 함축적인 의미를 가질 수 있기 때문에 시의 깊이가 생기는 경우도 많아. 반면 길게 제목을 지어주면 일단 독자의 흥미를 끄는 효과가 있어. 그러나 어딘가 장황하다는 느낌이 들 정도가 되어 버리면 곤란할 거야.

슬픔은 접혀 있다

바람에 찢어진다

밟힌다

구겨진다

땅으로 떨어지고,

비에 젖는다

창가에 앉아서 타오른다

태양을 보며 꽃씨들과 함께 날아오르는 것

그러나,

결국 날지 못할 것

– 학생 작품, <혼자서는 날지 못하는 새가 있다는 이야기를 들었다>

비익조比翼鳥라는 새가 있어. 암수의 눈과 날개가 하나씩이라서 짝을 짓지 않으면 날지 못한다는 전설의 새야. 그 새를 제목으로 가져온 경우인데, 이 시에서는 제목을 '비익조'라고 짧게 지어볼 수도 있었을 거야. 하지만 이 단어 자체가 너무 예스러운 느낌도 있고, 그 자체에 '남녀나 부부 사이의 두터운 정'을 비유하는 의미도 있기 때문에 그대로 쓰기에는 썩 좋지 않았겠지. 그래서 학생은 이를 풀어서 긴 제목을 붙였어.

시 속에서 찾아보자

그리고 시에 멋진 단어나 문장이 있다면 아예 그 문장을 끌어와서 제목으로 붙이는 것도 하나의 방법이야. 이건 보통 제목을 고민하고 고민하다 잘 안 될 때 쓰이는 방법이기는 하지만, 이 방법을 쓸 경우 제목과 시의 내용이 긴밀하게 연결되면서 멋있는 제목이 되기도 해. 다음의 예시가 여기에 해당해.

역 앞의 노숙자는
지나가는 바퀴를 바라본다

고시촌의 청년은
역 앞의 노숙자를 바라본다

일용직 김 씨는
고시촌의 청년을 바라본다

하청업체 이 대리는
일용직 김 씨를 바라본다

S기업 박 과장은

하청업체 이 대리를 바라보고

누구도 하늘을 바라보지 않는다

– 학생 작품, <하늘을 바라보는 이는 없다>

시와 이어지는 제목

조금 특이한 방법으로는 제목과 시의 내용이 이어지도록 지어 보는 게 있어. 제목이 시의 첫 문장과 이어지도록 해보는 거지. 이 경우 제목이 가지는 힘이 떨어지기 때문에 자주 쓸 만한 방법은 아니지만, 독특한 느낌을 줄 수 있어서 한 번쯤 써보는 것도 괜찮아. 다음의 예시가 여기에 해당해.

머리가 펑 하고 터져버렸다
시계 바늘이 인생을 논했을 때

입술이 스테이플러로 찍혔다
부모님 사진 앞에 흰 꽃이 놓였을 때

'괜찮아요' 하고 말했을 때,

하늘은 너무나 새파랬다

가죽 줄에 목을 매달기 전

– 학생 작품, <나의>

유명한 작품의 제목 끌어오기

다른 예술 작품의 제목을 끌어오는 것도 하나의 방법이야. 이 경우는 대개 그 예술 작품에서 어떤 영감을 얻었을 때 사용하는 방법이기는 하지만, 그렇지 않은 경우에도 사용할 수 있어. 다만 출처는 밝혀야 되겠지. 다음 예시는 바흐의 칸타타 140번에서 제목을 따온 경우야.

영롱한 빛 드리운다

햇살이 닿아 부서지는 표면의 일렁임

천상에서 뿌려진 금빛가루들

눈을 감으면 전해오는 섬세한 울림

가만히 내게 귀 기울이면

내 마음도 잔잔히 흘러간다

하늘에 멈춘 구름

내 마음속 수면 고요히 잠든다

- 학생 작품, <눈 뜨라고 부르는 소리 있도다>

엉뚱한 제목을 붙여 보자

마지막으로 생각지 못한 엉뚱한 제목이 큰 힘을 발휘할 때도 있

어. 이와 관련된 일화와 함께 이 방법에 대해 살펴볼 텐데, 먼저 시를

보도록 하자.

가지 끝에 매달린 울긋불긋한 눈물들

마지막 손을 놓친다

아래로 아래로

쌓여간다

핏발선 눈을 간직한 채

시간에 젖으며

자신의 길을 따라

외로움을 옮긴다

　학생이 쓴 이 시의 제목은 무엇일 것 같아? 시의 소재를 먼저 생각해 보자. '가지 끝에 매달린', '아래로 쌓이는 것'이라는 속성을 가진 무언가를 이야기한 시이지. 이 정도면 아마 쉽게 찾을 수 있을 거야. 맞아. 바로 낙엽이 이 시의 소재야. 그리고 학생은 처음에 이 시의 제목을 '낙엽'이라고 지었어.

　그래서 학생에게 이런 식으로 이야기해 줬어. 시의 소재를 명확하게 보여 준다는 점에서는 '낙엽'이라는 제목이 나쁘지는 않아. 하지만 이 경우 시의 의미가 '낙엽'에 한정되어 버려서 좀 더 다양한 해석이 나오기는 어렵게 돼. '낙엽'을 소재로 하긴 했지만, 그것을 빌려 다른 의미를 끌어낼 수 있는 제목이라면 더 좋지 않을까? 그리곤 학생에게 제목을 다시 고민해 보자고 했지.

　여기서 잠시, 우리가 이 시의 제목을 지어 본다고 치고 제목을 지을 때 피해야 할 것부터 살펴보자. 앞서 말했듯 '낙엽'은 평범한 소품으로 본다면 나쁘진 않아. 하지만 의미를 한정시키기도 하고 시의 내용도 적나라하게 드러나 버려서 아주 좋은 선택지가 되지는 못할 거야. 다음으로 시 속에 '외로움'과 같은 단어가 이미 나왔기 때문에 제목에 '외로움'을 넣어 주는 건 좋은 방법이 아니지. '마지막' 같은 말도 이미 시 안에서 강하게 부각되는 면이 있어서 역시 제목에 넣기엔 좋지 않아.

이제 제목을 지으면서 고려할 점을 보자. 이 시의 내용은 명확해. 그러니 제목을 조금 포괄적인 의미를 가질 수 있도록 지어 주는 게 좋을 거야. 그리고 주된 정서인 '슬픔'과 '외로움'을 살려 줄 수 있는 제목이어야 할 것 같고, '하강'의 이미지도 있으면 좋을 것 같네. 아, 이미 머리가 아파 오기 시작하지? 자, 그러면 이를 바탕으로 이 시의 제목을 뭐로 할지 생각해 보고 정한 후에 이후의 내용을 읽어 보도록 하자.

나는 이 시의 제목을 '서늘한 흔적' 정도로 하면 괜찮겠다고 생각했어. '가을', '이별' 같은 것들이 드러날 만한 제목이니까 말이야. 그런데 학생이 다시 지어 온 제목은 '폭력의 시간'이었어. '폭력의 시간'이라니. '서늘한 흔적' 같은 제목을 생각한 내가 부끄러워졌어.

제목이 '폭력의 시간'이 되는 순간 시의 내용도 완전히 달라졌어. 제목 없이 그냥 시의 내용을 봤을 때는 이별이나 외로움 같은 것들에 대한 시로 보였는데, 이제 이 시는 왕따 문제를 다루는 시가 되었지.

'가지 끝의 울긋불긋한 눈물'이 '마지막 손을 놓치'는 것은 마지막 생의 끈을 잡고 있다가 놓치는 모습으로, '아래로 아래로 쌓여가'는 것은 그런 일이 수없이 많다는 것을 보여 주는 것으로, '핏발선 눈'은 그런 일에 대한 슬픔을 말하는 것으로, '외로움을 옮기'는 것은 마지막까지도 외로울 수밖에 없는 왕따라는 존재를 보여 주는 것으로 다가오게 되지.

이게 바로 제목이 가진 힘이야. 그저 '낙엽'의 모습을 통해 느끼는 쓸쓸함에 대한 시로, 누구나 말할 수 있는 그런 시가 될 뻔했던 이 시는 제목 덕분에 완전히 다른 의미를 가진 시가 되었지.

필사는 정말 정말 당부하고 싶은 부분이야. 좋은 시들을 열심히 베껴 쓰는 거지. 아, 물론 소설을 베껴 쓰는 것도 좋아. 유명한 시인들은 하나같이 공통점이 있어. 다른 선배 시인이 썼던 좋은 시들을 오랜 시간 동안 베껴 썼다는 거야. 나도 좀 더 열심히 베껴 썼었다면 더 좋은 시인이 되었을지도 몰라.

필사는 시를 읽는 또 다른 방법이기도 해. 손으로 그 시를 쓰면서 몸이 시를 읽는 것이지. 재미있는 건 이거야. 그렇게 할 때 몸이 그 시의 화법을 익혀서 잠시 내가 그 시인처럼 쓸 수 있는 능력 같은 게 생겨. 지금 당장 시를 두세 편 찾아서 베껴 써봐. 그런 뒤 시를 써보도록 해. 평소보다 더 나은 수준의 시가 저절로 나오게 될 거야. 일시적인 도핑 상태가 되는 거지.

이렇게 필사를 한 작품이 쌓이면 쌓일수록 일시적인 기억이 장기적인 기억으로 넘어가게 돼. 그러면 여기서 걱정이 생길 수 있지. '나만의 표현으로 시를 쓰는 게 아니라 다른 시인의 표현으로 시를 쓰게 되는 건 아닐까' 하는 걱정 말이야. 충분히 해볼 만한 걱정이야. 그만큼 그 시인의 화법에 익숙해져 버린 것이 될 테니까 말이야.

하지만 다르게 보면 그만큼 그 시인의 화법을 잘 알게 된 것이기도 해. 그렇다는 것은 내가 시를 쓰면서 그 시인처럼 썼다는 것을 나 스스로 알고 제어할 수 있다는 말이야. 거기에 더해 좋은 시가 갖추어야 할 요소들도 자연스럽게 체득한 상태가 되어 있을 거야.

시인의 표현을 머릿속에 새기는 연습

이미 작고한 유명한 작가의 작품들을 위주로 필사하는 걸 추천해. 요즘 시인의 시를 필사해 보는 것도 좋겠지만, 요즘은 개성 강한 문체의 작가들도 많은 만큼 자칫 잘못하면 동시대 시인의 문체를 모방하는 수준이 되어 버릴 수도 있기 때문이야.

그래서 내가 추천하는 시인은 백석, 이상, 서정주, 김종삼, 김수영, 기형도야. 이 시인들의 시집을 구해서 한 권씩 시간 날 때마다 써 보면 시를 쓰는 데에 정말 큰 도움이 될 거야.

자, 그러면 내내 어여쁘소서 이상, <이런 시> 중에서.

안녕!

글쓰기에 유용한 감정 단어

경멸, 무시
질색인, 신랄한, 얕보는, 멸시하는, 불경한, 비열한, 비난하는, 하찮은, 천박한, 혐오스러운

분노, 미움
아연실색한, 반감이 가는, 싫어하는, 마음이 내키지 않는, 불쾌한, 메스꺼운, 화난, 괴팍한, 불만족스러운, 격분한, 노발대발한, 격노한, 성난, 신경질이 난, 시샘하는, 눈이 뒤집힌, 기분 상한, 분개한, 열 받는, 질린, 밥맛 떨어지는, 끓어오르는, 억울한

두려움, 걱정, 불안함
무서운, 우려하는, 근심하는, 공포의, 겁에 질린, 안절부절못하는, 소심한, 염려스러운, 초조한, 까마득한, 암담한, 염려되는, 신경 쓰이는, 섬뜩한, 조바심 나는, 긴장한, 떨리는, 갑갑한, 조마조마한

슬픔, 우울함
낙심한, 풀이 죽은, 구슬픈, 절망한, 의기소침한, 실망한, 기력이 없는, 울적한, 침울한, 상심한, 비참한, 고독한, 처연한, 침울한, 서글픈, 혼란스러운, 참담한, 서러움

사랑, 애정

감동받은, 뭉클한, 인정받는, 하나라고 느끼는, 고맙게 여기는, 만족한, 자랑스러운, 훈훈한, 정겨운, 친근한, 친밀한, 감미로운, 포근한, 든든한, 흐뭇한, 두근거리는, 뿌듯한, 그리운, 끌리는

기쁨, 즐거움

환호의, 유쾌한, 신나는, 기력이 넘치는, 생기가 도는, 매혹된, 기대에 부푼, 고무된, 희열에 넘치는

꿈, 관심, 기대

주의 깊은, 간절히 하고 싶어하는, 집중하는, 흥분된, 매혹적인, 열중하는, 희망에 찬, 짜릿한

부끄러움, 죄책감

겸연쩍은, 당혹스러운, 속상한, 민망한, 멋쩍은,
쑥스러운, 애석한, 진땀 나는, 후회하는, 유감스러운

10대를 위한
나의 첫 시 쓰기 수업

초판 1쇄 2021년 1월 22일
초판 3쇄 2022년 9월 30일

지은이 박용진

펴낸이 김한청
기획편집 원경은 김지연 차언조 양희우 유자영 김병수 장주희
마케팅 최지애 현승원
디자인 이성아 박다애
운영 최원준 설채린

펴낸곳 도서출판 다른
출판등록 2004년 9월 2일 제2013-000194호
주소 서울시 마포구 양화로 64 서교제일빌딩 902호
전화 02-3143-6478 팩스 02-3143-6479 이메일 khc15968@hanmail.net
블로그 blog.naver.com/darun_pub 인스타그램 @darunpublishers

ISBN 979-11-5633-325-8 43800